변방에 피는 꽃

변방에 피는 꽃

지은이 이경희

초판 1쇄 인쇄 2011년 5월 5일
초판 1쇄 발행 2011년 5월 10일

펴낸이 신중현
펴낸곳 도서출판 학이사
출판등록 제25100-2005-28호
주소 대구광역시 중구 국채보상로101길 15, (동산동 7)
전화 (053) 554-3431, 3432
팩스 (053) 554-3433
홈페이지 http://www.학이사.kr
ISBN 978-89-93280-31-9

이 경 희   에 세 이 집

변방에 피는 꽃

學而思 학이사

남이 써놓은 책을 참 많이도 읽었다. 책이 서재를 다 차지하고, 급기야 식탁 옆에까지 점령해 왔을 때 결단을 내려야 했다. 버리고, 주고, 남은 것은 사실 몇 권 되지 않았다. 나까지 책을 출간하는 행렬에 서고 싶지 않았다. 그런데 내가 써놓은 글들이 부랑자처럼 인터넷에 떠돌고 있었다. 어떻게든 한번 매듭을 지어야겠다는 생각이 들었다.

내게 글쓰기는 매일 먹는 세끼 밥과 같은 것이었다. 살아오면서 돌부리에 채여 넘어지고 깨지면서 생긴 상처를 어떻게든 치유해야만 했다. 글쓰기는 그런 상처를 꿰매고 치료하는 과정에서 찾은 출구였다. 또한, 책이나 영화를 보고나서 가슴에서 차오르던 감동을 그냥 흘려버리기에는 아까웠다. 여기저기 걸러지지 않은 날것의 생각을 글로 토해내었다.

원고를 정리하면서 나를 진지하게 들여다볼 수 있었다. 다 지워버리고 싶었다. 할 수만 있다면 글에 투사된 나로부터 멀리 도망치고 싶었다. 본래 한 땀 한 땀씩 정성들여 퇴고하는 습관을 배우지 못했다. 게다가 마감 시간에 쫓기며 쓴 글이라 날림이 심했다. 남의 글을 마음대로 칼질하고 재단했던 벌을 톡톡히 받은 셈이다.

공부가 머리에만 머물 때 늘 두통에 시달렸다. 내면의 나와 바깥의 나 사이에서 괴리감은 점점 커져갔다. 사는 일이 별로 즐겁지 않았다. 글쓰기를 하면서 그런 간극을 조금씩 줄여갈 수 있었다. 이 책에 실린 글들은 그동안 살아온 발자국이며, 삶의 기록으로서 의미를 두려한다. 부조리한 세상과 사회를 향한 설익은 발언도 담겨 있다. 한 인간으로서 자존감을 지키려한 몸부림이라 봐주면 고맙겠다.

이 책이 나오기까지 격려를 아끼지 않으신 분들께 감사드린다. 그리고 어머니와 두 딸에게 이 책을 바친다.

2011 봄날에
이경희

차례

책을 펴내며 … 4

1부 | 봄날은 간다

낯선 길 … 13

똘레랑스 … 17

거울 앞에서 … 23

나의 오솔길 … 27

어느 가을날의 외도 … 32

초여름 … 37

사무치는 그리움은 돌이 되어 … 42

봄날은 간다 … 47

섬진강 기행 … 51

2부 | 국밥 한 그릇

변방에 피는 꽃 … 58

그대 다시는 고향에 가지 못하리 … 61

꽃들에게 희망을 … 65

희망의 돛 … 68

평생 교육의 현장에서 … 71

나무의 도시, 경산 … 75

도시 디자인 … 79

또 한 마리의 괴물 … 83

골목길 예찬 … 87

국밥 한 그릇 … 91

신춘소묘 … 95

장터의 변신은 무죄 … 99

노점상, 그러나 … 103

그래도 강물은 흘러간다 … 107

차례

3부 | 흑의민족

작은 숲 이야기 … 112

흑의민족 … 115

일상의 완충지대 … 118

종가를 지키는 사람들 … 121

올레길을 걸으며 … 124

사진 속의 나 … 127

미래를 여는 열쇠 … 130

대학문화가 없다 … 133

문화 아이콘, 핸드폰 … 138

대학축제 유감 … 143

4부 | 세상과 인간에 대한 예의

과거의 영광을 잊어라 … 148
– 이승수 〈문학이 태어나는 자리〉

삶이란 그런거야 … 152
– 오정희 〈가을여자〉

거인의 무등에 올라타서 … 156
– 박지원 〈열하일기〉

영화를 통해 예술을 통하라 … 160
– 고미숙 〈이 영화를 보라〉

세상과 인간에 대한 예의 … 165
– 박완서 〈호미〉

가족 로망스의 재현 … 168
– 〈애자〉 감독 정기훈

해체와 전복을 통한 사랑의 해석 … 172
– 〈박쥐〉 감독 박찬욱

심안을 가져야 제대로 본다 … 177
– 〈눈먼자들의 도시〉 감독 페르난도 메이렐레스

이성과 합리성을 넘어서 … 181
– 〈아바타〉 감독 제임스 카메론

영화가 꿈꾸는 신세계 … 186
– 〈이상한 나라의 엘리스〉 감독 클라이드 제로니미
월프 레드 잭슨, 해밀턴 러스크

변방에 피는 꽃

1

봄날은 간다

낯선 길

똘레랑스

거울 앞에서

나의 오솔길

어느 가을날의 외도

초여름

사무치는 그리움은 돌이 되어

봄날은 간다

섬진강 기행

낯선 길

길을 잘못 들어선 듯하다.

비좁은 농로가 논밭을 옆구리에 끼고서 외길로 나 있다. 돌아 나갈 방법이 없다. 멀리 강둑이 보이니 가다 보면 목적지에 가닿을 수 있으리라. 계속 앞으로 나아간다. 들판 한가운데 농가 마당에서 길이 끊어진다. 돌아나가야 하나? 좁은 길이 미로처럼 이리저리 이어지고 마음이 조급하다. 하지만, 어쩌랴. 세상의 모든 길과 길은 만난다는 말을 믿을 수밖에. 공장 입구에서 또 길이 막힌다. 차를 돌려나오며 큰길로 나가야 할지 잠시 망설인다. 강둑까지 거리를 가늠해 본다. 손에 잡힐 듯 가깝다. 구불구불한 소로를 한참 따라가노라니 목적지에 다다른다. 눈앞에 금호강이 펼쳐진다.

안개 속에서 강은 하얀 입김을 내뿜으며 아침을 맞이하고 있다. 비경을 발견한 듯 탄성이 절로 나온다. 아직 때 묻지 않은 이런 곳이 남아있단 말인가. 해맑은 얼굴의 강이 천천히 얼굴을 내민다. 들녘을 장막처럼 가리고 강은 문명의 시선을 한참 비켜서 있다. 잠에서 막 깨어나는 가을 강은 조선 여인의 뒷모습 같은 서늘한 아름다움을 보여준다. 물버드나무도 잎을 다 떨어뜨리고 맨몸으로 물안개를 맞이하고 있다. 강 한쪽은 온통 갈대밭이다. 물길을 점령한 갈대는 키가 나지막한데, 엷은 갈색조로 물든 갈대숲은 가을 금호강의 클라이맥스다. 이럴 때 강물은 스스로 작은 길을 만들며 흘러간다. 속살거리며 낮게 흐르는 강물에도 가을이 깊다.

금호강 풍경 사진이 필요했다. 예전에 가본 강변을 찾아가는 중이었다. 잘못 입력된 길에 대한 정보는 좀체 수정되지 않았다. 그런데 정보의 오류가 빚어낸 결과는 뜻밖의 풍경을 선물해 주었다. 그 낯선 길로 들어서지 않았다면 비포장의 강둑길로 들어서지 않았을 터이다. 우연히 만난 금호강의 속살은 낯선 길을 헤맬 때의 두려움과 짜증을 다 보상해 주고도 남을 만큼 경이롭지 않았던가? 우리는 늘 말끔히 포장된 길만 가려 한다. 누구나 포장길이 주는 안락함과 안전성을 선호할 수밖에 없으리라. 하지만, 우연히 들어선 길에서 만난 또 다른 세상은 나를 강하게 단

련시켜 주었다. 아마도 예정된 길만을 달렸더라면, 내 삶의 길은 지루하고 밋밋하기 쯔-이 없는 길이 되고 말았을 것이다.

강둑은 비포장 길이다. 길은 정확히 이등분으로 나뉘어 있다. 자동차 바퀴가 지나간 자리에는 풀이 없다. 갈색의 들풀이 중앙 분리대처럼 나란히 선을 가른다. 뽀얀 먼지가 인다. 들썩거리는 것은 차체만이 아니다. 나도 흔들린다. 안정된 삶이 보장된 그 길을 스스로 돌아 나온 지도 꽤 오랜 시간이 흘렀다. 시대가 정해준 선 밖으로 뛰쳐나온 그늘 이후, 세상과 겪은 불화의 상처는 깊었다. 내가 선택한 길은 비포장 길이었다. 변변한 무기 하나 없이 세상으로 나온 내게 길은 멀고 험난했다. 돌부리에 넘어진 상처가 쓰리고 따가웠다. 뜨거운 햇볕 아래 메마른 먼지가 풀풀 나는 길을 걸을 때면 심한 갈증으로 목이 말랐다. 그때마다 강둑 길을 걸으며 상처와 세상에 대한 분노를 달래곤 했다.

미답의 길은 험난하지만 보석이 숨겨진 길이다. 보석이 아닌들 어쩌랴. '아무도 가지 않은 길'에 대한 예찬은 문학 교과서 속에만 남겨둘 것인가. 아는 길만 선호하는 것은 그만큼 사회 시스템이 불안하다는 증거가 아닐는지. 남들이 잘 가지 않는 길을 떠나는 사람이 많을수록 세상은 더 풍요롭고 재미있을 것이다. GPS가 안내해 주는 대로 가면 쉽고 안전하다. 그러나 예상치 못한 아름다운 경치나 다른 길을 발견할 가능성은 그만큼 줄어든다. 세상의 잣대로 본다면 잘못 들어선 길은 시간 낭비다. 최단 거리가 아닌 돌아가야 하는 길이니까 말이다. 우연히 들어선 낯선 길에서 멋진 강을 만날 수 있었듯이, 내가 선택한 낯선 길에서 만난 숱한 풍경은 마음의 눈을 뜨게 해주었다.

그 낯선 풍경 안에서 나는 나의 길을 발견할 수 있었다.

똘레랑스
– 차이 혹은 다름에 대한 관용

들꽃에 매료된 시절이 있었다. 처음에는 풀숲에 가려 잘 보이지도 않는 꽃을 찾아내거나, 무심코 지나쳤던 꽃들의 아름다움을 재발견한 기쁨에 어쩔 줄 몰랐다. 그러다 그냥 뭉뚱그려 들꽃이라 부르던 단계에서 한 걸음 더 나아가 책을 보고 하나하나 이름을 알아가는 즐거움 또한 나를 행복하게 해주었다. 들판에 피어나는 수많은 꽃들도 모두 제 나름의 모양과 빛깔과 향기로 고유의 존재를 드러내고 있었다.

들꽃은 혼자 있기보다는 무리지어 피어 있는 경우가 더 많다. 작고 연약한 자신을 보호하기 위한 집단방어인지, 아니면 다른 이유에서 그리하는지는 모르겠다. 홀로 피어난 꽃보다 우리 들꽃은 같이 어우러져 피어 있을 때 더욱 아름답다.

들꽃은 우리가 흔히 잡초라 부르는 풀들과도 사이좋게 공존한다. 또 키가 큰 나무와도 적당히 햇빛과 바람을 나누어 가지며 각자의 자리에 서 있거나 아니면 나무를 의지하여 휘감고 올라가기도 한다. 자연은 그들 나름의 질서 속에서 서로 의지하며 숲을 이루며 살고 있다.

물론 생물학자는 정글의 법칙이니 먹이사슬이니 하는 학문적인 시각으로 숲의 생존 원칙을 규정하기도 한다. 그러나 산책자의 느긋한 시선으로 바라본 숲의 세계는 전쟁 같은 삶을 살아가는 산 아래의 세상과는 다른 우리가 늘 꿈꾸는 평화로운 공간일 따름이다.

우리나라는 어느 도시를 가든지 비슷한 건물과 도시 환경을 만난다. 한 마디로 개성이 없다. 예전에는 낯선 도시로 여행을 떠나면 그 고장만이 지니는 풍광과 멋스러움, 또 독특한 음식 맛까지 곁들여 맛보는 즐거움이 있었다. 요즘은 그 고장 특유의 음식맛조차 없어지고 전국적으로 맛이 통일되고 있다. 여행자만이 느끼고 맛보는 흥미와 즐거움을 점점 잃어가고 있다.

우리의 삶이나 생각이 공장에서 기계가 만들어내는 물건처럼 모두 같다면 얼마나 지겹고 지루하겠는가? 아니 끔찍하도록 삶이 재미없을 것 같다. 과학은 신의 영역을 넘보며 복제 인간을 꿈꾸지만, 인간이 존엄한 것도 한 사람 한 사람 유일한 존재이기에 존중받을 가치가 있는 것이리라. 또한, 자신의 것과 다른 어떤 것을 꿈꾸고 찾아가는 끊임없는 호기심이 문명의 교류를 가져왔고, 인류의 문화사를 훨씬 풍성하고 윤택하게 만들어 주었다.

살다 보면 자신의 고유한 향기와 빛깔을 간직한 채 여러 사람과 원만하게 어울리기가 쉬운 일이 아님을 자주 느낀다. 뜻이 맞고 취향이 비슷한 사람끼리 만나는 일이야 물론 즐겁다. 그러나 때로는 어쩔 수 없이 나와 다른 사람과 자리를 같이 해야 하는 경우가 세월이 흐를수록 잦아진다. 그럴 때는 앉은 자리가 불편할 뿐만 아니라 그 곤혹스러운 자리를 빨리 떠나고 싶은 마음만 간절해진다. 돌아와서는 괜한 시간 낭비였다는 약삭빠른 계산과 냉정하게 거절하지 못한 내 성격까지 원망하며 자신을 향해 짜증을 내게 된다.

오랜 군사독재 아래에서 교육을 받아온 나는 잠재의식으로 굳게 자리한 흑백논리의 틀에 갇혀 힘들고 고통스러운 때와 자주 마주친다. 나와 어긋나는 의견을 가진 사람과 논쟁을 할 때나 정반대의 사유 체계로 세상과 인간을 이해하는 사람과 함께 이견을 조율해야 할 경우이다. 처음에는 목소리를 높여 내 생각을 그에게 강조하려 했다. 심지어 과격한 표현까지 동원해가며 내 생각만이 옳다고 강요했던 적도 더러 있었다. 그러다 택한 나름의 해결책이 상대를 무시하는 거였다. 혼자서 속으로 말도 안 되는 소리라며 상대가 무안하리만치 입을 다물어 버리거나 엉뚱한 소리로 화제를 비켜가기도 했다. 그리고 내 의견이 먹혀들지 않았을 때 설사 겉으로는 상대의 의견을 따르는 척했지만, 진실로 수긍하고 인정하지는 않았다.

어떤 경우도 마음이 편치 않았다. 지나고 나면 별것 아닌 사소한 일이었는데 목청을 높였다는 후회가 밀려왔다. 마음이 상해 내 안의 벽 앞에서 쩔쩔매는 나를 만나는 게 영 불편했다.

문제는 내 안에 있었다. 상대를 인정하지 않고 나만 옳다는 생각이 문제였던 것이다. 이 간단한 열쇠를 두고 그렇게 사람 만나는 것을 힘들어 했던 거다. 상대를 인정해야만 나 역시 상대로부터 인정받을 수 있다는 이 사실을 간과하고는, 늘 다른 사람만이 잘못이라고 탓을 했으니.

그 해결의 열쇠는 우연히 책을 읽다가 발견하게 된 '똘레랑스'라는 혀가 돌돌 구르는 낯선 외국어였다. '똘레랑스'는 프랑스어인데 우리말로 풀이하면, '차이' 혹은 '다름'을 인정하는 관용이라는 뜻이다. 이 간단한 말의 속뜻을 이해하고 난 뒤부터는 어떤 장소에서 어떤 사람을 만나도 마음의 부담이 없어졌다. 그리고 설사 상대가 좀 지나친 생각으로 앞질러 가더라도 내 맘이 그리 상하지도 않고 그를 미워하지도 않게 되었다.

20

정치적인 이유로 프랑스에서 오랜 망명생활을 하다가 귀국한 한 언론인을 통해 우리에게 다가온 이 말은 개인뿐만 아니라, 우리 사회의 많은 문제를 풀어나갈 수 있는 실마리를 던져 주었다.

프랑스는 알다시피 계몽사상의 영향을 받은 시민이 낡은 봉건왕조를 무너뜨리고 세계사의 새로운 장을 연 '프랑스 혁명'을 일으킨 나라다. 봉건왕조의 낡은 틀을 바꾸고자 했던 시민들은 공화국을 수립하지만, 왕정복고를 꿈꾸는 귀족과 왕족의 반란으로 피비린내 나는 역사를 겪었다. 단두대로 상징되는 혼란과 보복의 과정을 거치며 그들 나름대로 깨달은 지혜로운 결과물이 바로 똘레랑스이다. 내가 살려면 나와 다른 상대를 인정해야 한다는 사실을 역사의 교훈 속에서 깨달은 것이다. 그래서 프랑스는 서로 인정하는 다양성을 바탕으로 개성을 존중하고 예술의 꽃을 피운 나라로 세계인들에게 인정받게 된다.

나는 자주 이 똘레랑스란 말을 떠올린다. 자신이 속한 집단의 이익을 위해서는 절대로 양보할 수 없다는 주장과 외침만 난무할 뿐 대화와 타협의 목소리는 어디에도 설 자리가 없다. 그리고 역사 속에서 다수라는 이름으로 기득권을 앞세워 소수의 많은 이들을 무시하거나 억압해왔다. 여성이나, 장애인, 진보주의자, 혹은 외국인 노동자라는 이름을 가진 이들의 존재를 애써 인정하지 않으려 했다. 또한, 여러 명분을 내세워 탄압해온 부끄러운 과거가 있다. 이제 그들의 존재를 인정해주며 함께 가야 한다.

  차이 혹은 다름에 대한 관용, 즉 '똘레랑스'는 개인의 정신세계를 넓혀주는 디딤돌이며, 사회의 도덕적인 성숙을 향한 첫걸음이다. 너와 내가 다름을 인정하고 서로의 존재나 가치를 존중하면서 함께 살아가는 세상, 더불어 살아가는 풀꽃 같은 세상을 꿈꾸어 본다.

거울 앞에서

여인이 거울을 보며 머리를 매만진다. 이제 막 화장을 마친 듯 붉은 입술을 칠한 얼굴이 화사하다. 다리를 넣어 짠 가발로 한껏 치장한 젊은 여인은 엷은 미소를 짓는다. 오랜만에 찾아오는 정인을 기다리는 것일까? 붉은 삼회장저고리에 주름이 풍성한 치마를 입은 자태는 요염하다. 여인이 바라보는 것은 거울이다. 붉은 옻칠을 한 화장대의 거울 속 여인도 행복하리라. 단원 김홍도의 〈거울 보는 여인〉이다. 단원이 남긴 그림 속 여인은 아름답다. 성리학이라는 차가운 이념에 희로애락을 결박당한 채 살았던 조선의 여인도 거울을 보는 순간만큼은 인간 본연의 얼굴과 마주하며 잠깐이나마 행복했을 것이다.

피카소의 〈거울을 보는 여인〉이라는 그림을 찬찬히 들여다본다. 현실의 여인과 거울 속의 여인이 마주 보고 있다. 거울 밖의 여인이 현실이라면, 거울 속 여인은 환상의 세계다. 마치 꿈을 꾸는 듯한 거울 속 여인의 모습에서 꿈꾸는 소녀의 모습을 읽는 다. 푸른색과 붉은색, 보라색이 주조를 이루는 색상이 강렬하면 서도 환상적이다. 화면 전체를 아우르는 곡선도 여성성의 부드 러움을 느끼게 한다. 거울 속 여인을 거울 밖 여인이 팔을 뻗어 어루만지고 있다. 현실과 이상을 잇고자 하는 의지일까. 기다랗 고 둥근 거울 속 여인의 자궁과 유방을 사실적으로 묘사했다. 여 성을 가장 상징적으로 드러내는 부분이다. 새 생명을 탄생시키 고 키우는 여성성의 본질을 피카소는 거울 속 여인으로 표현한 것 같다.

시인 윤동주는 '파란 녹이 낀 구리거울 속에' 남아 있는 자신 의 얼굴을 보며 날마다 참회록을 썼다. 제 나라 백성을 억압과 굴복의 상태로 만든 조선에 대한 통한과 참회의 시다. 밤마다 손 바닥 발바닥으로 청동거울을 닦으면서 순결한 영혼을 꿈꾸었으 리라. 그는 해방을 몇 달 앞두고 이국의 차가운 감옥에서 숨을 거두었다. 식민지의 청년으로 살아가야 하는 치욕스러운 현실 앞 에 시인의 영혼은 고뇌와 상처로 얼룩진다. 푸른 녹이 슬은 청동 거울은 지난 왕조의 낡은 유물을 상징한다. 거울을 보려면 녹을 닦아내야만 한다. 청동의 녹을 닦는 일은 고된 노동과 노력을 수

반한다. 이는 자신에 대한 통렬한 반성이며 참회의 보속이다. 시인 윤동주에게 청동거울은 식민지의 청년이 걸어가야만 했던 통한의 역사이다.

고대국가 시절 청동거울은 권력의 상징물이었다. 청동거울은 선사시대부터 부장품으로, 주술적 신앙을 담은 매개체로 다양한 용도로 제작됐다. 먼 옛날부터 부족장이 하늘에 제사를 올릴 때 청동거울을 목에 걸고는 주문을 외웠으리라. 부족장의 가슴에 매달린 청동거울이 햇빛에 번쩍거릴 때마다 백성들은 머리를 조아리며 경외감에 몸을 떨었을지도 모른다. 박물관에서 단난 청동거울의 뒷면은 원과 사선이 교차하는 아름다운 기하학적인 문양으로 장식되어 있다. 고려시대 청동거울의 문양은 회화성이 강하다. 화려한 연꽃 문양이 아름답다. 구름과 파도가 넘실거리는 가운데 배가 떠 있다. 배 안에는 많은 짐이 보이고 큰 칼 곁에서 사람이 열심히 일하고 있다. 고려시대 동경이 보여주는 다양한 문양은 그 시대를 살아간 사람의 꿈과 소망을 그대로 담고 있다. 만약 이 시대에 청동거울을 만들어 뒷면에 문양을 새긴다면 어떤 그림을 그려 넣을 수 있을까.

아침마다 거울을 본다. 화장실에서 마주치는 거울 속 내 모습은 헝클어진 머리와 부스스한 얼굴을 가감 없이 보여준다. 머리를 빗고 세수를 한다. 얼굴도 생기를 되찾고 눈빛도 초롱초롱해진다. 이성의 시간으로 가는 전례인 셈이다. 어린 시절, 엄마가 외출한 틈을 타 화장대 앞에서 몰래 바르던 장밋빛 립스틱은 마치 요술봉 같았다. 그때, 거울에 비친 내 얼굴은 동화 나라 공주처럼 예쁘고 행복해 보였다. 거울 속에서 차츰 변신하는 내 얼굴이 낯설다. 붉은색의 립스틱을 바르자 얼굴에 생기가 돈다. 날마다 거울 앞에서 얼굴 화장을 하면서 실은 마음도 함께 화장한다. 일과를 점검하거나 풀어져 있던 마음을 다잡는다. 거울을 바라보며 자신에게 마술을 거는 것처럼 또 다른 나로 변신하는 것이다.

하루에도 몇 번씩 거울을 본다. 방이나 현관에도 커다란 거울이 있고, 엘리베이터 안에도 사방이 거울이다. 거울을 보는 시간은 나와 마주하는 시간이다. 거울은 정직하다. 윤동주가 마주한 청동거울 같은 엄숙한 참회의 시간은 못되지만, 거울은 나를 비추는 반사경이다. 가끔 녹이 잔뜩 슬은 나와 마주할 때도 있다. 곤혹스럽고 부끄럽다. 중년의 고개를 넘을 무렵, 나를 덮쳐오던 허무의 해일과 나를 짓누르던 욕망의 그늘도 거울을 통해 알아차리지 않았던가. 거울은 시간의 흐름 앞에 속절없이 무너지는 인간의 한계를 정확하게 보여주는 도구다. 하지만, 옛사람들이 청동거울에 꿈을 그려 넣었듯이 나도 오랜 세월이 가도 변하지 않을 거울에 나만의 그림 하나쯤 새겨 넣고 싶다.

나의 오솔길

봄의 전령이 찾아왔다. 수정사 뒤 오솔길에는 새로 돋아나는 잎과 봄꽃이 한창이다. 봄 한 철은 그 산길에 피고 지는 풀꽃과 눈을 맞추고, 솜털이 보송보송한 연둣빛의 신록을 바라보는 즐거움에 매일 산길을 오르내린다.

수정사 앞에서 잠시 걸음을 멈춘다. 불자는 아니지만 절집 주인인 부처님께 합장하고 고개를 숙인다. 그러나 한 번도 대웅전 안에 계시는 부처님의 얼굴을 본 적은 없다. 바람이라도 조용히 부는 날이면 풍경소리에 마음을 빼앗겨 절 마당에 한참 서 있기도 한다.

개울의 작은 다리를 건넌다. 원둥치는 괴사목이 되어 옆으로 기울어져 있고, 그 뿌리에서 뻗어나간 산벚꽃 나무가 환하게 반겨준다. 화르르 피어나는 일본 왕벚꽃은 벼랑 끝에 선 비장미가 느껴진다. 그런 위태로운 화사함보다는 산벚꽃의 성글고 맑은 꽃빛이 더 아름답다. 바람결에 실려 오는 풍경소리를 따라 낙화라도 하는 날이면 작은 개울에 꽃비가 내린다.

쉬엄쉬엄 한없이 느린 걸음으로 한적한 산길을 오른다. 산 아래 세상살이에서 오는 복잡한 상념과 삶의 무거운 짐을 하나씩 내려놓는다. 그러다 사람의 발길을 용하게 피해 돌계단 아래에서 소복이 꽃을 피운 제비꽃이라도 만나면 쪼그리고 앉아 한참을 들여다본다. 부디 꽃이 지기도 전에 사람의 손에 뿌리째 뽑혀 산길에 버려지는 일이 없기를 빌어준다.

고개를 돌리면 싹을 뾰족뾰족 내민 산나리꽃 새순 사이로 현호색이 군락을 이루고 있다. 신비한 푸른빛이 감도는 현호색은 작은 고깔모자를 거꾸로 쓰고 얌전히 고개 숙인 모습으로 이른 봄부터 피기 시작하여 늦봄까지 산길을 물들인다. 하얀 꽃잎에 자주 연지를 콕 찍은 개별꽃은 순결한 사랑을 꿈꾸듯 함초롬히 피어난다.

올라가다가 뒤돌아서서 내가 올라온 길을 내려다본다. 나무와 돌과 길이 자연스럽게 어우러져 있다. 인간이 세운 인공물이 없는 산길에서는 나도 그들처럼 작은 돌이나 풀처럼 느껴질 뿐이다. 인간사의 잣대인 경제적 효용가치로 따진다면 쓸모없는 것이지만, 그들은 존재 그 자체만으로도 충분히 아름답다.

산길에는 돌이 많다. 산 위에서 누군가가 쓸모없고 못생긴 돌을 잔뜩 쏟아부은 듯하다. 가파르게 경사진 산자락에는 온통 울퉁불퉁한 돌이 널려 있다. 뭇 생명의 근원인 부드러운 흙을 품지 못한 산길은 척박하고 가난하다. 그래서 그 오솔길에서는 반반한 소나무 한 그루 만나지 못한다. 키가 크고 마른 아카시아 나무와 잡목이 서 있다. 그 길에도 봄을 맞아 키 작은 나무부터 새 잎이 나오기 시작한다.

연초록과 진초록의 신록이 어우러져 춤을 춘다. 투명한 햇빛과 맑은 바람이 지나가는 오솔길은 한량없이 평화롭다. 천국이 따로 없다. 나도 그 자리에서 차라리 한 떨기 풀꽃이 되어 살 수 있다면 좋으련만.

오월이 되면 물큰한 비린내와 향기가 코를 찌르는 아카시아꽃이 피어 길을 하얀 꽃길로 수놓는다. 높은 나무 꼭대기까지 잎이 다 나면, 초록의 잎사귀 사이로 보이는 하늘은 또 얼마나 푸르른지. 산 아래 매연에 찌든 회색 하늘과는 달리 숲은 언제나 파란 하늘을 이고 서 있다. 내 발자국 소리에 놀라 푸드덕 달아나는 산비둘기나 다람쥐도 가끔 만난다.

오솔길에는 돌을 차곡차곡 쌓아 만든 돌탑이 여기저기 적당한 저리에 서 있다. 세련된 조형미는 갖추지 못했지만, 그 옛날 성

황당 고갯마루에서 만났던 돌무지처럼 수수하고 투박하다. 적당한 간격을 두고 서 있는 돌탑은 길을 한결 운치 있게 꾸며준다. 이름도 모르는 누군가의 정성스런 손길로 태어난 돌탑을 보면서 '그는 과연 돌 하나하나에 어떤 소원을 얹어 쌓았을까?' 하고 상상해본다. 아니 어쩌면 그의 마음을 들끓게 했던 부질없는 욕망을 하나씩 버렸는지도 모른다. 한쪽이 무너져 내린 돌탑에 손에 잡히는 돌 하나를 집어 올리려다가 무언가에 놀란 듯 얼른 놓아버렸다. 생각보다 무심코 집어든 돌의 무게가 묵직하다. 작고 가벼운 것으로 다시 집어 올려놓는다. 내 소원의 무게가 그리 무거운 것도 아니려니와 어쩐지 그 탑을 쌓은 이의 마음을 훼손할까 두려웠기 때문이다.

오솔길이 끝나는 곳에 다다르면 바위 절벽이 떡하니 버티고 서서 길을 막는다. 질 좋은 화강암이었다면 필시 순후한 마애불 한 분 쯤은 만날 수 있는 자리다. 혼자서 아쉬운 마음을 달래본다. 바위 벼랑 끝에 피어 있는 진달래의 흥건한 꽃빛에 눈길을 빼앗겨 목이 아프도록 쳐다보며 땀을 식힌다.

나의 산책길은 산중턱 작은 암자를 둘러보는 것으로 마감하고 다시 산길을 내려온다. 바위 앞에 모셔진 미륵불의 표정이 마음에 들어 그 앞에서 하릴없이 서성일 때도 있다.

가끔씩 누군가와 동행할 때도 있지만, 대부분 홀로 걷는다. 혼자서 걷는 자만이 누릴 수 있는 마음의 여백과 자연과 교감하는 즐거움을 놓치고 싶지 않은 탓이다.

산을 내려오는 길은 가볍다. 어제 꽃망울을 맺고 있던 풀꽃을 봐야겠다는 마음도, 점점 짙어만 가는 신록의 싱그러움을 한껏 품고 싶다는 욕심도 다 비우고 그저 발길 닿는 대로 터벅터벅 내려올 따름이다. 산을 오를 때 가졌던 마음 역시 또 하나의 집착임을 깨닫는 그날은 언제 올까? 아마도 그 집착은 영원히 떨쳐버리지 못하리라. 계절이 바뀔 때마다 오솔길을 오르내리며 세상과 부대끼며 입은 상처나 근원적인 외로움을 위안받고자 할 것이다.

결국 오늘도 나의 외로움과 집착은 산이 되지 못했다. 풀꽃 한 포기에, 돌 하나에, 나무의 잎사귀 하나에 마음을 잠시 내려놓았다가 산을 내려오고 말았다.

어느 가을날의 외도

갑자기 기차를 타야겠다고 생각한 것은 순전히 가을 햇살 때문이었다. 아침나절, 눈부시게 명징한 가을햇살을 바라보다가 불현듯 기차를 타고 싶다는 충동에 무작정 길을 나섰다. 딱히 어디를 가겠다고 작정하고 나서지는 않았지만, 기차역으로 발걸음이 향했다.

까뮈의 《이방인》에 나오는 뫼르소가 지중해의 강렬한 햇빛 때문에 살인을 저질렀다는 사실을 이해할 수 없었던 젊은 시절, 실존의 버거움이나 존재의 무게 따위는 알 수 없었다. 그러나 그날 아침에 나는 눈부시게 푸른 하늘을 이고 길을 걷다가 뫼르소의 그 발작과도 같은 충동을 이해할 수 있었다.

그날 하루는 공교롭게도 온종일 약속이나 공식적인 일이 없이 텅 비어 있었다. 갑자기 주어진 빈 하루를 어떻게 보내야 할지 몰랐다. 그래서 느긋하게 늦잠을 자고 나서 주전자에 물을 올려놓고 베란다로 나가 밖을 내다보았다. 가로수의 잎들이 곱게 물들고 있었다.

차 한 잔을 마시며 가을 햇살에 마음을 내맡기고 있으려니 불현듯 슬픔이 베일처럼 온몸을 감쌌다. 방향 감각을 잃고 헤매기 시작한 내 영혼은 가을이 깊어가는 줄도 모르고 흘러가는 시간에 그저 나를 내맡겨 두었던 거다. 이 가을에 이방인처럼 찾아온 슬픔을 떨치고자 서둘러 길을 나섰다.

어느 소도시로 가는 기차를 탔다. 기차가 움직이자 시간을 거슬러 오르며 세월의 갈피마다 숨어 있던 기억이 달려 나온다. 차창으로 스쳐 가는 풍경이 마치 영화 속 장면처럼 현실감 없이 낯설다. 가을 들녘의 황금빛깔은 한국인의 핏속에 원초적으로 살아있는 생명에 대한 포만감을 느끼게 한다.

가을 들판은 지난여름의 상처 난 시간을 다 덮고도 남을 만큼 눈부시다. 천상의 선물 맑은 햇살 아래 나뭇잎도 감응한 듯 파르르 빛난다. 철로 변에 핀 꽃 위로 가을이 지나가고 있다. 기차가 지나갈 때마다 꽃은 제 몸을 가누지 못하고 흔들린다. 하늘로 비상하고 싶다. 내 어깨를 짓누르는 삶의 무게를 훨훨 털고 푸른 가을 하늘로 날아오르고 싶다. 진흙 같은 세상의 슬픔일랑 먼지처럼 훌훌 털고 기차를 타고 떠나는 꿈을 꾸고는 했었다.

오랜만의 기차 여행이 주는 편안함에 잠이 들었나 보다. 눈을 뜨니 대전을 지나고 있었다. 어느 날 갑자기 찾아온 암이라는 불청객을 맞은 친구와 나는 힘겹게 중년의 고개를 넘어왔다. 타고난 가난과 맞서면서 극성맞도록 인생을 열심히 살아온 그 앞에 다가온 암은 삶을 뒤돌아보게 해주었다. 독한 항암제보다 생의 좌절과 싸우는 것이 몇 배로 힘들었던 지난해 여름, 그의 아픔을 핑계 삼아 내 삶의 아픔도 덤으로 얹어 보냈다. 혼자서 감내하지 못할 내 슬픔을 그의 아픔을 빌어 토해내곤 했다.

때로는 지나치게 나에게 집착하는 그를 감당하기 힘들어 도망치고 싶은 때도 있었다. 함께 있어주길 원하는 요구에 단 하루라도 해방되고 싶어 거짓말을 하고 산행을 간 적도 있었다. 온종일 내 전화번호를 누르며 나를 찾았을 그를 생각하면 미안하지만, 그때는 어쩔 수 없었다. 이해할 수 없을 정도로 내게 매달리는 그를 차마 내치지 못한 채, 나는 그의 사투에 동참할 수밖에 없었다. 죽음의 공포와 싸우는 그를 외면할 용기도 명분도 내게는 없었다.

암이라는 괴물과 맞선 그의 외로움이나 절박함을 가장 가까이에서 보고 있는 나 역시 같은 치유과정을 거쳤는지도 모른다. 아니 어쩌면 그보다 더 깊은 마음의 병을 앓고 있던 내가 자청한 일이었는지도 모른다.

　그러던 그가 남편의 전근으로 이 도시를 떠나 다른 곳으로 이사를 간다고 했을 때 속으로 홀가분한 기분마저 느꼈다. 잠자는 시간만 빼놓고 시도 때도 없이 나를 찾는 그로부터 해방되고 싶었기 때문이다. 겉으로는 서운함을 표현했지만, 속으로 은근히 이삿날을 기다렸다.

　막상 그가 떠나자 예상치도 못한 허전함과 당혹감에 쩔쩔매었다. 길을 가다가도 현관문을 열고 들어가 밥 먹고 차 마시고 할 수 있었던 편안한 집이 사라졌다는 사실은 내게 큰 상실감을 안겨주었다. 그 후로도 한참 동안 습관처럼 그가 살던 아파트를 바라보며 강변을 서성거리곤 했다.

　낯선 역 광장에서 그가 손을 흔든다. 깡마른 그를 보자 울컥 눈물이 솟구친다. 우리는 마치 어제 만나고 헤어진 듯 일상적인 이야기를 나누며 서로의 존재를 확인했다. 느닷없이 기차를 타고 온 나를 그는 아무렇지도 않게 맞아주었다. 우리 둘은 목욕탕에 가서 서로의 등을 밀어주며 수다를 떨었다.

　나이를 먹을수록 운명론자가 되어간다. 인간의 의지나 이성으로는 도저히 어찌해 볼 수 없는 벽을 만날 때는 운명론에 스스로를 내맡기게 된다. 그녀 역시 암이라는 벽을 만나 불청객을 기꺼이 받아들이는 운명에 순응하며 살고 있다. 일주일에 두 번씩 부모에게 버림받은 아이들을 위해 봉사활동을 나간다고 했다. 그러나 혼자 감내해야 할 절망과 외로움의 시간은 그에게 주어진 운명의 몫이리라. 어느 시인이 말했듯이 살아간다는 것은 외로움을 견디는 일인지도 모른다.

우리는 세월을 떠밀지 않았지만, 세월은 우리를 앞질러 저만치 앞서 가고 있었다. 부모나 자식보다 때로는 더 큰 존재로 다가오는 오랜 친구를 찾아간 나의 외도(外道)는 하루 만에 끝이 났다. 삶은 때로 얼마나 덧없고 쓸쓸한가? 하지만, 그와 함께 걸어온 눈물겨운 시간이 있기에 돌아오는 길이 덜 외로웠으리라. 기찻길 너머로 가을이 저물고 있었다.

초여름

그해 초여름은 유난히 무더웠다. 뜨거운 햇볕은 지상의 모든 것을 열기로 달아오르게 했다. 하지만, 아버지의 입원을 앞둔 친정집은 빙하기 같은 음산한 그림자가 드리워져 있었다. 대문을 휘감고 올라간 덩굴장미는 붉은색의 강렬한 생명력을 내뿜으며 환하게 피어나고 있었다.

가을부터 시작된 아버지의 감기는 온갖 처방에도 나아질 기미가 없이 점점 심해져만 갔다. 묵은 감기에는 산 꿩이 좋다는 말을 어디에선가 듣고 꿩까지 고와 드셨지만, 나아지기는커녕 눈에 띄게 기력이 약해졌다.

처음 치러진 지방선거 때문에 병원 갈 틈도 못 내시던 아버지는 급기야 곡기조차 넘기지 못했다. 곰국으로 끼니를 대신하며 출근을 하셨다. 감기 탓이라 여겼던 믿음을 비웃기라도 하듯 암세포는 아버지의 죽음을 재촉하며 왕성하게 번식하고 있었다.

힘없이 누워계신 아버지가 눈에 들어왔다. 인사를 드리며 마주친 아버지의 눈빛을 보고 가슴이 철렁 내려앉았다. 아버지의 눈빛에서 나는 죽음의 그림자를 보았다. 곧장 부엌으로 달려가 솟구치는 눈물을 몰래 닦아내었다.

아버지의 죽음은 예고도 없이 갑작스레 다가왔다. 휠체어를 타고 대학병원 응급실로 실려 간 그날 밤, 환하게 불을 켜둔 채 깜빡 잠이 들었다. 한밤중의 정적을 깨뜨리며 울리는 전화벨 소리에 놀라 일어났다. 전화기 너머로 술에 취해 흐느끼는 작은아버지의 음성을 꿈속인 듯 듣고 있었다.

"형님이 두 달밖에 못 사신단다. 흑흑. 아버지한테 잘 해드려라. 마지막이란다. 흑흑."

전화를 끊고 나니 공중으로 붕 떠오르는 느낌이었다. 하늘과 땅이 맞닿은 듯 아무런 생각도 나지 않고 그저 앞이 깜깜했다. 울어야 하는데 눈물이 나지 않았다.

"아버지가 돌아가신단다. 아버지가……."

병원에 계시는 아버지를 처음 면회 가던 날, 병실 옆 화장실에서 수돗물을 틀어놓고 터져 나오는 통곡을 손으로 틀어막았다. 손가락 사이로 새어 나오는 울음을 억지로 삼키려니 가슴이 찢어지듯 아팠다. 눈물도 슬픔의 농도에 따라 더 뜨거워질 수 있다는 것을 처음 실감했다.

아버지가 당신의 죽음을 인정하신 날인가 보다. 나는 아버지가 누워계시는 병실 문을 차마 열지 못하고 복도 끝 창가에 섰다.

'아버지 앞에서 눈물을 보이지 말아야지.' 하는 생각으로 마음을 다잡으려 했다. 하지만, 마음과는 달리 한 번 터진 눈물은 쉬이 그쳐지지 않았다. 내 안에 그렇게 많은 눈물이 어디에 숨어 있었는지 봇물처럼 터져 나오는 눈물을 닦고 또 닦았다. 병원 복도 창 너머로는 햇살이 이글거렸다.

간신히 마음을 진정시키고 아버지의 손을 잡았다. 내 이름을 애절하게 한 번 부르시고는 아버지는 이내 표정이 일그러지며 아이처럼 울기 시작했다. 아버지와 나는 손을 맞잡고 같이 울었다. 처음이자 마지막으로 천륜의 정을 절절하게 나누었던 것이다.

의사의 말대로 두 글 동안 아버지는 암세포와 처절한 싸움을 하시다가 앙상하게 뼈만 남은 모습으로 쉰여덟 해 이승의 삶을 마감하셨다. 그렇게 황망히 아버지를 저승으로 보냈다. 처음으로 맞이한 피붙이의 죽음 앞에 어떻게 계절이 오고 가는지도 몰랐다.

아버지는 늘 술에 취한 모습으로 밤늦게 귀가했다. 한 번도 다정하게 아버지와 마주 앉아 살가운 이야기를 나누어본 기억은 없다. 그렇다고 여느 아버지처럼 무섭게 권위적이거나 엄격한 아버지도 아니었다. 술과 친구를 좋아하셔서 밤늦게 예고도 없이 술손님을 데리고 와서 잠자는 삼 남매를 깨워 인사를 시키곤 했다. 그리고 우리 남매들이 학교에서 받아온 상장을 꺼내어 자랑하던 모습을 잠결에 지켜보며 유년시절을 보냈다.

살아생전 나와 오랜 시간을 보낸 친정 할머니는 셋째 아들인 아버지에 대해 이런 말씀을 하시곤 했다.

"아들이 너이나 되지만 너그 아부지가 제일 재주가 좋아 공부를 잘했니라. 한 번도 부모 속을 썩이지도 않고, 키우면서 머라 칼 일이 없었다."

지금 생각하면 아버지는 우리 형제들에게 큰 소리로 화를 내거나 매를 든 적이 없었다. 잘못하면 그저 못마땅하신 표정으로 몇 번 혀를 차시며 침묵하실 뿐이었다. 지치지도 않는 어머니의 잔소리와 신세 한탄에도 묵묵부답으로 대응하셨다. 다정다감한 성격의 소유자였으나 그 시대의 아버지가 대부분 그랬듯이 자식에 대한 사랑을 표현하지 못하고 그저 속정을 말없이 보여주실 따름이었다.

농부의 아들로 육 남매 가운데 유일하게 대학 공부를 마친 아버지는 평생 형제들에 대한 부채의식에 시달렸다. 요령도 없이 그저 마음만 좋았던 아버지는 장날 면사무소로 찾아오는 일가친척에게 돈을 빌려서라도 건네주기 예사였다. 빚보증도 잘 서 주었다. 어머니는 아버지의 우유부단하고 지나치게 낙천적인 성격을 탓하며 끊임없이 바가지를 긁었다. 그러나 타고난 천성을 바꾸지는 못했다.

마지막 돌아가시는 날까지 당신이 묻힐 선산을 담보로 진 큰집의 빚을 퇴직금으로 갚아주고, 비로소 그 산에 누우셨다.

큰집 사촌 오라비가 가꾸어 놓은 산비탈 과수원에서 달콤한 복숭아향이 계곡을 따라 바람결에 실려 오던 초여름에 아버지를 묻고 산에서 내려왔다. 그때 산속에서 뻐꾸기 울음소리가 들려왔다. 마치 사랑하는 자식과의 이별을 슬퍼하는 아버지의 혼령인 양 슬피 울었다.

세월이 흐를수록 아버지의 존재가 새삼스레 가슴을 울리며 다가온다. 높은 산처럼 우뚝 서 있던 아버지라는 존재. 삶에 지치고 나이가 들어갈수록 육친의 정이 사무치게 그립다. 아버지 산소 가는 길에 흰 망초꽃이 흐드러지게 피면, 아버지께서 그토록 좋아하셨던 약주 한 병 사 들고 찾아가 뵈리라. 그 앞에 오래오래 엎드려 아버지, 그 그리운 이름을 불러보리라.

사무치는 그리움은 돌이 되어

겨울을 재촉하는 비가 내린다. 부석사를 향한 갈증에 며칠을 앓다가 길을 나선다. 부석사로 달리는 고속도로는 무미건조하다. 이미 갈무리가 끝난 주변의 산은 겨울로 진입하고 있다. 하지만, 차창을 통해 비치는 따사로운 햇살은 감미롭다. 추수가 끝난 들판에 누워있는 볏단이나 낟가리가 편안한 휴식의 풍경으로 다가온다.

중국으로 유학 간 젊은 의상은 화엄사상(華嚴思想)을 공부하고 귀국한다. 조국은 산과 계곡이 피로 물들었던 전란의 혼란에서 벗어나 삼국 통일을 이루었지만, 전쟁이 남긴 상흔은 처참했다. 문무왕의 왕명을 받들어 화엄 도량을 찾아 헤매던 의상은 태백준령의 봉황산 기슭에 절을 짓는다. 부처님의 가피로 전란으

42

로 처참하게 찢어진 백성의 상처를 봉합하여 화엄의 세계를 펼치고자 했던 것이다. 화엄사상의 정수를 심은 그곳은 '백제의 먼지나 고구려의 말발굽이 미치지 않는' 무한강산(無限江山)으로 파도의 물결 마냥 태백산맥의 능선이 눈앞에 펼쳐진다.

내 머릿속의 화두는 선묘(善妙)였다. 이국땅으로 공부하러 온 한 남자를 사모하다 결국 바다에 몸을 던져 용이 된 가엾은 여인. 선묘는 의상을 남자로 보았지만, 젊은 구도자 의상의 눈에 비친 선묘는 여자라기보다 한갓 어리석은 중생으로 보였을 터, 처음부터 선묘의 운명은 어긋났다. 한 여인에게 자신의 일생을 저당 잡히기에는 의상이 지녔던 정치적 야망과 중생 구도의 꿈이 너무 컸을 것이다.

부석사 무량수전을 향해 올라가는 가파른 길에 사람들이 물결친다. 부석사라는 절은 최고의 찬사를 받는 예술작품이다. 자연과 인공의 조화가 절묘한 석축과 계단을 따라 오르면 각도를 조금씩 달리하는 가람 배치가 부처님을 만나러 온 중생들에게 상큼한 눈맛을 제공한다.

이미 낙엽이 되어 흙으로 들어간 은행잎의 잔해가 길섶에 남아 있을 뿐, 그 길에서 맛보던 사색의 여유는 없다. 사람들로 말미암아 부석사 오르는 길의 험복한 여정은 포기했다. 청람 빛의 하늘 아래 학처럼 처마를 펼치고 있는 안양루의 마지막 계단을 향해 한 걸음씩 나아갔다. 무량수전 앞에 잠시 머물다가 선묘각을 찾아갔다.

집이라고 부르기조차 민망스러운 작은 누각에 선묘 낭자가 있다. 여인 혼자서 눕기에도 비좁은 작은 선묘각은 무량수전 오른쪽 뒤편에 얌전히 서 있다. 이 여인은 자신이 죽도록 사모했던 남자의 조국에 와서조차 그가 세운 화엄정찰의 뒷모습만 바라보고 서 있었다. 그것도 있는 듯 없는 듯이. 선묘는 죽어서도 의상에게 바람 같은 여인으로 남아 있었다.

중국 산둥반도의 바닷가 여인이었던 선묘 앞에 홀연히 나타난 의상은 그만 한 여인의 눈을 멀게 만들었다. 스님을 파계시켜 같이 살고 싶었던 선묘는 의상의 공부를 뒷바라지한다. 그러나 한마디 말도 없이 신라로 돌아가 버린 남자를 따라 바다에 몸을 던진 선묘는 죽음으로 소원을 이룬다. 한 여인의 사랑을 끝내 외면하고 구도의 길로 들어선 의상에게 사랑은 한갓 덧없는 티끌과도 같은 것이었을까?

중생들이 이 세상에 어질러놓은 온갖 헛된 욕망과 번뇌로부터 벗어나 화엄(華嚴)의 세계로 인도해야겠다는 의상에게 한 여인의 순정 따위는 부질없는 꿈에 불과했으리라. "인연으로 빚어지는 모든 것들에는 주인이 없다."라고 말한 그는 자신을 가장 사랑했던 여인은 구제하지 못하고 상처로 남긴다.

44

불법의 바다는 넓고도 깊다. 그러나 선묘에게 불법은 가혹한 형벌이며 슬픔의 바다였다. 만약 의상도 원효처럼 선묘오- 몸을 섞었다면 의상대사를 향한 후세의 신화는 불가능했을까? 선묘의 이루지 못한 간절한 사랑은 윤회의 법륜을 따라 땅속의 용이 되어 부석사를 떠받치고 있다. 부처님의 품 안에서 비로소 재회한 두 사람은 시공을 초월한 자유를 얻어야 마땅하거늘, 선묘는 아직도 좁은 누각 안에 갇혀 있다. 그 누각은 세상을 구원할 구도자를 유혹하려 한 여인을 끝끝내 용서하지 못한 인간의 이기심이며 당대 사상의 한계다.

선묘의 아낌없는 사랑과 희생은 부석사라는 극락세계를 낳았고, 후대 사람들에게 무한한 상상의 원천으로 새롭게 태어나고 있으니 이로써 그의 가엾은 운명에 위안이 될는지.

해가 일찍 저물어 어둠이 서서히 내리는 한적한 산길은 스산한 애수가 감돌았다. 집으로 돌아오는 길에 내 머릿속에 남아 있는 것은 무량수전 배흘림기둥에 서서 바라본 소백산맥의 물결도 아니고, 무량수전 앞뜰의 단아한 석등도 아니다. 마음을 다 주어 사랑했던 남자가 배를 타고 떠난 바다를 바라보며 망연자실한 표정으로 산둥반도 바닷가에 서 있는 선묘 아씨의 모습이 나를 따라오고 있었다.

생은 짧고 덧없지만 사랑은 영원하다는 것을 선묘는 알고 있

었을까? 아니 사랑이 덧없음을 알고 선묘는 죽음으로써 사랑을
영원히 지키고자 했는지도 모른다. 선묘의 슬픈 사랑에 이토록
내 마음이 사무치는 것은 가을이 저만치 떠나가고 있는 탓일 것
이다.

봄날은 간다

유년의 봄은 온통 천연색이다. 노랑, 연두, 분홍으로 피어나는 새잎과 봄꽃이 어린 마음조차 울렁거리게 만들었다. 크레파스로 그린 그림 하나가 선명하게 떠오른다. 일본식으로 지은 교장 관사가 있고, 관사 담장을 끼고 있는 늙은 벚나무에 분홍빛의 꽃이 만개한 그림이다. 새로 산 크레파스로 그린 봄날의 교정 풍경은 연두와 분홍 천지였다. 눈앞의 풍경과 과거의 기억이 혼재되어 혼몽의 상태로 빠져들었다. 화사하던 유년의 봄날을 떠올리는 내 눈시울이 뜨거워졌다. 마흔을 앞둔 그해 봄은 암울한 회색이었다.

사는 일이 더 이상 견딜 수 없는 지경에 다다랐을 때 길에서 내려설 용기가 생겼다. 그런데 심신이 기진맥진하여 손가락 하나 움직일 힘도 없었다. 후유증으로 목소리가 잠겨 말이 나오지 않았다. 짐승의 울음 소리같은 비명만 간신히 새어나왔다. 이비인후과 의사는 치료방법이 없다며 직업을 바꾸라는 처방을 내렸다. 대책 없이 허우적대며 절망의 나날을 보내고 있었다. 지푸라기라도 잡는 심정으로 지인이 연결해준 한의원을 찾아갔다. 한의사는 침으로 치료를 해보자고 했다. 나는 반신반의하며 마지막 희망을 걸어보기로 했다.

하늘만 보아도 내 설움에 눈물이 솟구치던 시간들. 복사꽃이 환장하도록 예쁘게 핀 길을 하루건너 한 번 씩 오고갔다. 아릿한 분홍 빛깔로 대지를 수놓는 복사꽃이 핀 길을 지나다니며 희망을 붙잡으려 안간힘을 썼다. 황무지 같은 내 마음에도 파릇한 새싹을 피워내고 싶었다. 열망이 간절할수록 현실은 더 깊은 늪으로 빠져드는 것 같았다. 침을 맞고 돌아오면 조금씩 온기가 돌아왔다. 그해 봄, 한의원을 오가면서 '연분홍 치마가 봄바람에 휘날리더라~' 노래를 수도 없이 흥얼거렸다.

답답하게 성대를 가로막던 가슴 속 불덩이가 차츰 녹아내리는 것을 느꼈다. 복사꽃이 지고, 엄지손가락만한 애기 복숭이 매달릴 무렵이었다. 청도향교의 느티나무 아래에서 땀을 식히던 나는 귀청을 따갑게 울리는 매미의 아우성을 들었다. 지상에서 보름 남짓한 생을 살기 위해 무려 7년을 깜깜한 땅 속에서 견뎌낸다는 매미. 울음은 매미의 존재를 드러내는 유일한 수단이었던 것이다. 세상의 시선이 두렵고 아팠다. 힘든다는 말조차 내뱉지 못한 채 감추고 숨기기에 급급했다. 자존심 때문에 울음도 속으로 삼켰다. 여름이 가고, 가을이 올 무렵에야 꾹꾹 눌러놓았던 내 안의 아픔을 토해낼 수 있었다.

침을 맞고 시간이 나면 한적한 길을 달리곤 했다. 청도에서 매전으로 가는 길은 산천이 아름답다는 말로는 부족하다. 산과 강이 기막히게 어우러진 길이다. 사방 어디에도 높은 건물이 없어 시선이 편안하다. 그 길을 가노라면 마치 시간을 거슬러 올라가는 듯하다. 면소재지는 흑백 사진처럼 지난 시간을 품고 있다. 참기름을 바른 듯 반짝이는 여린 감잎을 매단 감나무가 길손을 반긴다. 감나무는 세월을 지나오면서 겪은 온갖 풍상을 나이테에 새겨 넣었으리라. 나도 비로소 내 나이테를 헤아려 볼 여유가 조금씩 생겨났다.

산자락에 옹기종기 앉은 마을이 보인다. 짙푸른 감잎이 온 동네를 뒤덮어 낮은 지붕만 보인다. 차를 길가에 세우고 마을을 바라보다가 즐거운 상상을 해본다. 눈맞은 남자랑 보따리 싸서 도망 와 딱 석 달만 어느 집 아래채에 숨어 살다 갔으면 좋을 성싶은 마을이다. 그런데 오백 년이 넘었을 법한 은행나무가 밤이 되면 귀신처럼 무서울 것 같아 얼른 마음을 접는다. 늦가을이면 주홍빛 감이 샹젤리제처럼 산골 마을을 장식한다. 나는 또 부질없는 상상을 하며 혼자 즐거워한다. 읽고 싶은 책을 한 보따리 들고 와서 삼동만 지내다 갔으면 좋겠다고.

청도로 가는 길은 봄이 가장 아름답다. 옛 정경을 고스란히 간직한 그 길을 가노라면 노란 장다리꽃과 파란 보리밭도 만난다. 서럽도록 아름다운 복사꽃이 조금씩 농도가 다른 분홍색으로 피어나 애간장을 녹인다. 부연 미농지가 장막을 가린 듯한 봄 안개 속을 달리면 꿈꾸듯 펼쳐지던 산자락의 봄 풍경은 나의 몽유도원이다. 크레파스로 하얀 도화지에다 그 봄 풍경을 그려보고 싶다는 강렬한 욕구가 치솟는다.

해마다 복사꽃이 피면 봄바람 난 여인이 되어 그 길 위를 달리고 싶다. '봄날은 간다~~' 노래를 목이 쉬도록 불러보리라.

섬진강 기행

 봄이 오는 섬진강은 벚꽃을 화관처럼 머리에 이고서 여행객을 맞는다. 유곡 나루를 지나 화개장터 거리에서 시작되는 쌍계사 십 리 벚꽃길은 여심을 사로잡을 만하다.

 차창 밖으로 빗방울이 굵게 내린다. 오랜 가뭄 끝에 내리는 봄비라 반갑기도 하지만, 행여 설레는 여행길을 망칠까 걱정이 앞선다. 더군다나 난생 처음 여자 둘이 떠나는 여행인지라 흥분을 넘어 자못 감격스럽다. 지리산 휴게소에서 바라본 산야(山野)는 세수한 얼굴에서 뚝뚝 푸른 물이 흐르는 듯 싱그럽다.
 남원을 거쳐 구례로 가는 눈앞에 산골 마을이 보인다. 희색 슬레이트 지붕의 시골집들이 산자락에 다닥다닥 붙어 있다. 온 동네가 어지럼증 나듯 노란 꽃구름이 피어나는 것이 아닌가. 산수유가 연막탄 터트린 것 마냥 산자락마다 뭉게뭉게 피어오르는 구례 산동 마을은 꽃 사태가 났다. 지리산을 운명처럼 기대고 살아온 산골에도 봄의 희망이 모락모락 피어나고 있다.

하동 땅에 들어서니 섬진강이 유려한 곡선으로 흐른다. 산 그림자가 서늘하게 드리운 섬진강은 석양을 품에 안고 저무는 중이다. 강물은 첩첩산중을 내려오며 싣고 온 온갖 사연을 잠재우려는 듯 부드러운 숨결로 백사장을 휘돌아 흐른다. 섬진강 시인 김용택은 저무는 섬진강을 이렇게 노래했다.

> 해 저물면 저무는 강변에
> 쌀밥 같은 토끼풀꽃,
> 숯불 같은 자운영 꽃 머리에 이어 주며
> 지도에도 없는 동네 강변
> 식물도감에도 없는 풀에
> 어둠을 끌어다 죽이며
> 그을린 이마 훤하게
> 꽃등도 달아준다
>
> — 〈섬진강〉 중에서

아직은 봄이 일러 쌀밥 같은 토끼풀꽃과 숯불 같은 자운영은 보이지 않는다. 겨울의 잔영이 남아 있는 산자락에 물감을 흩뿌린 듯 수줍은 빛깔로 핀 진달래와 벚꽃이 섬진강 이마에 꽃등을 달아주고 있다.

짙은 초록의 보리밭이 구불구불한 밭둑을 따라 펼쳐지고, 양쪽 구릉에는 나지막한 차나무가 눈에 띈다. 하늘을 가리고도 남는 꽃 터널을 걷다가 찻집 문을 열고 들어선다. 녹차 향이 그윽하다. 전신이 유록색의 찻물로 물들 때까지 차를 마시고 또 마신다. 창 너머론 연분홍의 벚꽃 잎이 화사하다. 마셔도 마셔도 갈증 나는 녹차의 달짝지근한 끽감이 혀끝에 전해올 즈음 찻집을 나선다. 차를 통째로 손님에게 내맡긴 주인의 배려로 흠씬 차향에 취해 작별인사를 나눈다. 찻집 여자 얼굴이 박꽃 같다.

가랑비가 기분 좋게 얼굴을 적신다. 어둠이 깔리는 산골 마을에 꽃등이 환하게 켜진다. 사분사분 내리는 비를 맞으며 흥건한 감흥에 젖어든다. 늦은 밤, 그 찻집에 또 들렀다. 관광객이 썰물처럼 빠져나간 찻집과 거리는 고즈넉하다. 한 시절 번화하고 풍성했던 장터거리의 이야기를 화제 삼아 주인과 나그네는 밤이 이슥하도록 차(茶)를 나눈다. 장터는 만남과 이별의 공간이다. 장터를 오가던 군상의 이루지 못한 사랑과 애틋한 이별은 기다림의 또 다른 역설이런가. 장거리를 담은 보퉁이를 이고지고 오가던 장꾼 대신 꽃구경 온 관광객이 장터에 북적댄다.

　새벽에 잠이 깨어 밖을 내다보니 비구름이 하늘로 비상하고 있다. 그 맑고 산뜻한 아침의 공기는 박하향처럼 코끝으로 스며든다. 계곡을 흐르는 힘찬 물줄기는 도도하고 강건하다.

　연미색의 산벚꽃이 버짐처럼 피어난 계곡을 따라 올라가니 산골의 봄이 농익어 터질 것만 같다. 돌담 쌓듯 차곡차곡 포개진 공중배미가 산 중턱까지 닿아있다. 한 시절 혁명을 꿈꾸던 자들과 모진 목숨 이어가기 위해 세상을 등지고 살았던 산사람들의 신산스러운 삶을 어미처럼 품어주던 지리산. 한 많은 역사를 세월 속에 묻으며 피아골의 봄을 장식하고 있는 봄꽃은 그들의 못다 이룬 미완의 꿈이런가.

　박경리의 《토지》의 한 장면을 떠올려본다. 최 참판 댁의 마지막 버팀목인 윤씨 부인이 몸종과 하인을 거느리고 산길을 오른다. 시주품을 바리바리 싣고 가마를 타고 연곡사로 향하던 길. 그 길에 봄이 오고 있다. 연곡사에는 대숲에서 불어오는 바람 소리만 간간이 들려오고 스님도 신도도 보이지 않는다. 예나 지금이나 절 뒤쪽에 서있는 이끼 낀 부도만이 세월을 말해줄 뿐이다. 서릿발 같았던 윤씨 부인의 기개 뒷면에 동학 장수 김개주와 맺은 불행한 인연이 낳은 구천이를 절에 맡겨두고 돌아서던 한 맺힌 여인의 모성애에 연민이 인다. 그 옛날 절의 영화를 짐작케

하는 넓은 절터엔 윤씨 부인을 절망케 하였던 운명의 눈물과 구천이의 고독했던 영혼이 서린 듯하다.

제법 넓은 들을 앞마당인양 안고 있는 마을에 고풍스러운 품격을 지닌 기와집이 몇 채 보인다. 솟을대문이 위엄 있게 나그네를 맞이하는 운조루는 적막ㅎ다. 대문 앞을 서성이는데 종부인 할머니가 무표정한 얼굴로 산중 물이 그대로 흘러온 앞개울에서 그릇을 씻는다. 한국 현대사에서 깊은 상흔으로 남아 있는 빨치산이 쉬어갔다는 주인 잃은 사랑채는 쓸쓸하기 그지없다. 기세등등하던 한 집안이 역사의 수레바퀴에 치여 몰락해온 비극보다는 세인의 관심에 지친 듯한 종부의 무심한 표정에 가슴이 아리다.

산중에는 봄이 일러 가끔 진달래가 눈에 잡힌다. 노고단 휴게소에 다다르니 짙은 운무와 세찬 바람으로 음산한 기운조차 감도는 것 같다. 커피 한 잔 마시고 조심조심 차를 몰며 산에서 내려온다. 역사의 벼랑으로 내몰린 자들을 말없이 감싸주던 어머니의 치맛자락 같은 지리산을 휘돌아 내려왔다. 죽어 이를 없는 들꽃이 된 지리산의 영령 앞에 숙연해진다. 역사 속에 묻혀간 이들의 피맺힌 원혼이 서린 산골짝을 자동차로 미끄럼 타듯 내려오며 과연 이 산을 이리 쉽게 올라와도 되는가 하는 자책감을 숨길 수가 없다.

봄이 오는 들판은 아련한 기다림과 설렘을 모락모락 피워 올리고 있다. 떠났던 길을 되돌아오면서 문학과 역사와 인간의 삶이 엮어내는 장엄한 교향곡에 내 가슴은 벅차오른다. 꿈결 같은 여행의 추억은 지친 내 영혼을 흠씬 적셔주는 달디 단 감로수가 되어 줄 것이다.

지금도 눈을 감으면 아침 햇살에 반짝이던 섬진강이 떠오른다. 초록의 보리밭과 산을 애무하듯 감싸 오르던 물안개, 들판을 불어오던 바람, 대숲을 일렁이던 그 역사의 숨결들…….

그날 이후, 지리산과 섬진강은 내 그리움의 끝이며 문학의 원천으로 가슴 속에 영원히 남아 있으리라.

2

국밥 한 그릇

변방에 피는 꽃

그대 다시는 고향에 가지 못하리

꽃들에게 희망을

희망의 돛

평생 교육의 현장에서

나무의 도시, 경산

도시 디자인

또 한 마리의 괴물

골목길 예찬

국밥 한 그릇

신춘소묘

장터의 변신은 무죄

노점상, 그러나

그래도 강물은 흘러간다

변방에 피는 꽃

나는 경산 토종이다. 윗대 조상도 경산 사람이며, 친가 외가
도 모두 경산이다. 결혼 후 10여 년 객지에서 살았던 시간을 빼
고는 경산을 떠나본 적이 없다. 태어난 곳에서 몇 발짝도 못 벗
어났으니 소위 출세와는 거리가 먼 삶을 살아온 셈이다. 지금까
지 살아오면서 대구 사람이 아니라서 딱히 불편한 일은 없었다.
누가 고향이 어디냐고 물으면 경산이라고 망설임 없이 대답했
다. 뚜렷한 근거를 찾기는 어렵지만, 경산 사람이라는 사실을 은
근히 자랑스럽게 말한다. 대구에서 택시를 탈 때나 아이들 학교
문제로 갈등을 할 때는 조금 억울하기도 했다. 그러나 일상생활
을 영위하는 데는 아무런 불편이 없다. 오히려 농촌을 끼고 있어
자연을 가까이 할 수 있다는 것이 장점이라고 생각하며 살고 있

다.

대구와 경산의 통합 문제가 다시 고개를 들고 있다. 지자체 선거를 앞두고 표를 의식한 일부 후보와 시민들 사이에서 대구시로의 편입 논의가 솔솔 되살아나고 있다. 1994년 '경산·대구 통합추진위원회'가 발족돼 300여 명의 위원이 지금도 활동 중이다. 통합 찬성론자는 기업체 직원과 대학생의 교통 편의, 상대적으로 열악한 교육 문제를 해결하기 위해 통합해야 한다고 주장한다. 또한 그들은 경산의 대학이 국제경쟁력을 확보하는 데 어려움을 겪고 있으며, 내년 지방선거에 대구시와의 통합을 공약으로 내건 시장 후보를 지지하는 방안을 검토하겠다고 공공연하게 떠든다. 언제 그런 단체가 만들어졌는지, 누가 어떤 방식으로 여론조사를 했는지는 잘 모르지만, 그들이 주장하는 말에 일리는 있다. 그러나 수치상으로 드러나는 여론조사와 다수결의 명분을 앞세운 소수 기득권 세력의 음모일거라는 의구심이 가시지 않는 것은 왜일까.

대도시를 중심으로 모든 것이 돌아가는 나라에서 지방은 소외와 변방의 상징이다. 지방에서 태어나 지방 대학을 다니고, 지방에서 삶의 터전을 잡은 사람은 어쩌면 영원한 주변인으로 살다가 생을 마치게 될지도 모른다. 역사의 시계를 돌려 삼국시대로 돌아간다면 모를까 지방은 늘 흡수의 위협에 노출되어 있다. 땅

값 상승을 기대하는 사람이나 위장전입을 생각하는 사람이라면 몰라도 대구와의 통합 계산서는 얻을 것이 별로 없다. 지역사회라는 공간이 가지는 의미는 다층적이다. 그 지역을 배경으로 살아온 수많은 사람의 역사와 이야기가 내포되어 있다. 단순한 수치나 경제적 잣대로는 가늠할 수 없는 유형, 무형의 가치를 생각해 보았는가. 중앙이 모든 권력을 독점하던 근대의 시대는 갔다. 그럼에도 불구하고 끊임없이 중앙권력을 바라보는 낡은 사고가 이런 시대착오적인 발상을 가져온 것이리라.

경산은 삼한시대부터 독자적인 역사를 견지해 왔다. 신라 파사왕 때 압독국이 신라에 잠시 합병되었으나 고려 공양왕 때 경산군으로 이름을 획득한다. 이후 조선시대는 물론이거니와 일제강점기를 거쳐 오늘날까지 독특한 경산의 역사와 문화를 이어오고 있다. 대구라는 대도시 곁에서 상대적인 불리함도 있었다. 그러나 오랜 역사가 증명하듯 경산은 대구와 확연하게 차별되는 문화와 전통을 가꾸어왔다. 경산 사람 뼛속 깊이 자존감이 자리 잡고 있다. 경산 사람 무의식에 깊이 자리한 자긍심을 짓밟는 통합 논의는 중단되어야 한다. 행여 정치적인 계산으로 이런 공약을 하는 사람이라면 절대 뽑아서는 안 될 것이다. 경산은 대구의 영원한 변방이라도 괜찮다. 지금 이 시대는 변방에 피어나는 꽃의 아름다움에 더 주목하지 않는가. 나는 경산 사람이며, 경산이 좋다.

그대 다시는 고향에 가지 못하리

뽀얀 연기가 안개처럼 피어오른다. 시장 한가운데서 '펑' 소리가 나더니, 고소한 냄새가 발길을 잡아끈다. 하얀 이팝나무 꽃봉오리처럼 부풀어 오른 튀밥이 시커먼 기계 주둥이에서 와르르 쏟아져 나온다. 주변에 흩어진 튀밥을 주워 먹으려는 조무래기들의 손길이 바쁘다. 아직 순서를 기다리는 분유 깡통이 나란히 줄을 서 있다. 지난 여름 말려둔 옥수수, 까만 콩 한 되, 노르스름한 찐쌀과 보리쌀도 지루한 듯 제 순서를 기다린다. 아이들은 '펑' 소리가 날 때마다 귀를 막으며 몇 걸음 물러서지만, 금세 몰려든다. 하얀 쌀강정과 까만 콩강정, 어쩌다 맛보는 깨강정은 설이 가져다주는 풍성한 간식거리였다. 형편이 어려운 집은 보리쌀 튀밥을 둥글게 뭉쳐 강정을 만들기도 했다.

방앗간 집 서까래 사이로 더운 김이 쉴 새 없이 새어나왔다. 가래떡을 빼러온 여자들의 목소리는 요란한 기계 소리에 파묻혀 잘 들리지 않았다. 신작로 이쪽저쪽에서 대기하고 있던 아낙들이 떡쌀을 이고 오는 손님이 저 멀리 나타나면 고무신이 벗겨지도록 달려가 떡쌀을 서로 낚아채려했다. 동네에 떡집이 하나 더 생기면서 시작된 쟁탈전은 천하장사 씨름판 결승전보다 더한 긴장감으로 팽팽했다. 이미 떡쌀에 대한 소유권을 상실한 주인은 옆에서 우두망찰하여 지켜볼 뿐이었다. 기 싸움은 욕설로 번졌다. 두 여인의 격앙된 감정은 급기야 서로 머리채를 휘어잡으며 떡쌀을 땅바닥에 내동댕이치게 했다. 밤새 불린 오동통한 흰 떡쌀은 흙길 위에서 더욱 빛났다. 주인은 "아이고, 우리 떡, 이 일을 우야꼬?"라며 손으로 흙 묻은 쌀을 주워담으며 망연자실해 있었다. 구경하던 동네 사람들 틈에 서 있던 나는 엄마 치맛자락 뒤로 몸을 숨기고는 흥미진진한 싸움을 끝까지 지켜보았다.

내가 태어났고, 설을 쇠러 갔던 집이 있던 고향 마을은 이제 지상에 없다. 할아버지가 살림을 나면서 지으셨다는 그 집터에는 경부고속전철이 지나간다. 양지바른 언덕배기에 옹기종기 앉아 있던 집들은 흔적도 없고, 탱자나무 울타리가 있던 골목길도 사라졌다. 고향의 상실이다. 마을이 없어진 그 해, 성묘를 가면서 마주친 낯선 풍경 앞에서 누군가에게 떼를 써서라도 옛날을 돌려받고 싶었다. 애지중지하며 숨겨두었던 보물상자를 여는 순간 아무 것도 없다는 것을 확인하면서 느낀 상실감에 가슴이 서늘해졌다. 마치 무언가를 도둑맞은 것처럼 황당하고 당혹스러웠다. 우리가 끊임없이 갈망하는 고향은 과거의 기억 속에나 남아 있을 뿐이다. 농사를 짓던 논밭이나 과수원에 공장이 들어서면서 고향의 설날도 퇴색되어 갔다. 부모님께 드릴 내의 한 벌은 현금 봉투로 바뀌었고, 손꼽아 기다리던 설빔도 세뱃돈으로 환전되었다.

미국 작가 토머스 울프가 쓴 〈그대 다시는 고향에 가지 못하리〉라는 소설은 현대인의 고향 상실을 이야기한다. 대학 강사인 주인공 웨버는 이모의 죽음을 맞아 기차를 타고 고향으로 간다. 그러나 그가 다시 찾아간 고향은 예전의 고향이 아니다. 투기의 광기에 들뜬 산골 마을은 사람들의 삶과 생각까지 바꾸어 놓았다. 웨버는 변모해 버린 고향과 사람들에게 실망한다. 그가 그리워한 고향은 자본과 인간의 욕심 앞에 처절하게 망가지고 있었다. 그는 '길 잃은 아이가 된 듯한 공포와 절망'을 느끼면서 고향을 떠나온다. 고향의 상실이다. 이 작품은 지역 공동체의 원형인 고향의 상실이 사람으로 하여금 삶의 진실성까지 망각하게 할 수 있다는 것을 말해준다.

설날은 곧 귀향을 의미한다. 부랑자처럼 떠돌던 도회지에서 자신이 태어나고 자란 고향을 찾아가고자 하는 회귀본능은 어떠한 고난도 감수하게 만든다. 고향집을 향해가는 자동차의 행렬은 한국인의 핏속에 흐르는 원초적인 정서를 상징적으로 보여준다. 혈연 공동체가 주던 일체감과 대가족의 질서 속에서 맞이하던 설날은 얼마나 따스하고 풍요로웠던가. 우리가 그리워하는 것은 지난 시간의 추억만은 아닐 것이다. 아마도 오랜 농경사회에서 형성된 공동체의 따스함과 연대의 손길이 아닐까. 지친 도회지의 삶을 잠시나마 내려놓고 위안 받을 수 있는 곳이 고향이다. 미래를 약속받지 못하는 현실의 삶이 고달플수록 설날의 귀향은 더욱 간절해진다. 고향 산천도 변하고, 고향도 내가 그리던 고향은 아니다. 그래도 피붙이들과 나누는 살가운 정과 머리가 희끗해진 친구와 나누는 한 잔의 술에서 살아갈 희망 한 자락을 엿볼 수도 있으리라.

꽃들에게 희망을

트리나 폴러스가 쓴 《꽃들에게 희망을》이란 책을 다시 꺼내 본다. 알에서 깨어난 노랑 애벌레들은 높은 꼭대기를 향해 무작정 기어 올라간다. 그 꼭대기에 무엇이 있는지도 모르면서. 옆의 친구를 밀쳐내며 죽을힘을 다해 올라간 꼭대기에는 아무 것도 없다. 친구와 눈을 마주쳐도 안 되고, 이야기를 나눌 수도 없다. 그러나 줄무늬 애벌레와 그의 친구 노랑 애벌레는 그 대열에서 이탈한다. 둘은 다른 꿈을 꾸게 된다. 꽃밭 위로 나비가 되어 날아다니는 꿈이다. 한 쌍의 나비는 수많은 꽃들에게 희망을 주었고, 보다 충만한 삶을 살게 된다. 목표 의식도 없이 친구들과 경쟁하면서 꼭대기를 향해 기어 올라가는 애벌레가 이 땅의 아이들과 겹쳐진다. 욕망의 바벨탑은 수도 없이 많은 애벌레로

하여금 경쟁과 공멸의 도가니로 몰아넣을 뿐이다.

사교육 시장이 요동치고 있다. 새 정부가 추진 중인 공교육 경쟁력 강화정책에 따른 대학입학사정관제 실시와 고교 입시제도의 변화 때문이다. 대학입학사정관제는 서류상의 성적지표 외에 면접을 강화하여 차세대 리더로 성장 가능성이 있는 학생을 뽑겠다는 발상이다. 명분은 학생 선발 기준의 다양화이다. 이미 이 제도에 돈이 개입되어 가짜 수료증과 상장이 조작된 사실이 밝혀졌다. 기존의 특목고 외에 자립형 고등학교가 등장했다. 사실상의 고교입시의 부활이다. 지금과 같은 고교 평준화로는 국가 경쟁력을 강화할 수 없으니 미리 똑똑한 학생을 따로 뽑아서 글로벌 리더로 키우자는 의도다. 등록금은 일반고교의 3~4배다. 이미 학부모는 다 알고 있다. 서울의 명문대학에서 외고나 과학고 같은 특목고 출신 학생을 정원의 50% 가까이 선발한다는 사실을. 근대 이후 사라진 새로운 귀족학교의 등장을 예고하고 있다.

이런 말이 떠돈다. 우리 역사에서 개천에서 용 난 인물은 노무현이 마지막일거라고. 부모의 경제력이 아이의 미래를 결정하는 결정적 변수로 등장했다. '영어 유치원 – 사교육으로 준비한 스펙 – 자사고나 특목고 – 명문대 – 고액 연봉의 정규직이나 전문직 – 상류층 진입'이라는 견고한 카테고리가 형성되는 셈이다. 이 코스는 대한민국 모든 학부모의 희망이자 꿈이다. 이 라인 안에 진입하지 못하는 보통의 국민은 구경꾼으로 전락하거나, 평생 비정규직으로 살아갈 가능성이 농후하다. 그래서 빚을 내서라도 학원 보내고 과외를 시킨다. 초등학교 1학년 때부터 만점을 목표로 엄마와 아이가 밤새워 공부한다. 인성교육이니 하는 말은 세상 물정 모르는 문외한의 헛소리에 불과하다. 학부모는 내 아이가 다른 집 아이를 이기고 올라서야 한다는 생각을 결코 버리지 않는다.

해방 후, 이 땅의 국민은 '국민교육'이라는 토대 위에서 소위 '출세'를 꿈꾸었고, 또 일부는 '꿈'을 이루었다. 그런데 앞으로는 부모가 상당한 경제력을 가지지 못하면 그런 꿈은 일찌감치 포기해야 한다. 문제는 부모는 선택 사항이 아니라는 것이다. 앞으로 70세까지는 사회 활동이 가능하다. 그런데 20세 때 결정된 대학교가 나머지 50년의 인생을 결정짓는 절대적 조건이라면 너무 가혹하지 않은가. 우리 아이들에게 모두 나비가 될 꿈을 꾸게 해주는 것이 교육의 목표이자 존립 근거이다. 꽃밭의 꽃씨를 뿌리고 거름을 주는 것도 어른의 몫이다. 꽃과 나비는 서로의 존재 가치를 인식한다. 나비와 꽃은 상호 공생의 관계다. 봄이 유난히 더디게 온다. 비까지 잦은 봄 날씨에 꽃들이 잔뜩 움츠리고 있다. 하루 이틀 햇볕만 나도 봄꽃은 화사하게 피어나리니, 그 꽃 사이로 날아다니는 나비를 상상해 본다.

희망의 돛

인근 반야월에 특별한 도서관이 있다. 주부들이 스스로 일구어낸 작은 도서관이다. 처음에 어린이를 위한 도서관을 설립하기로 뜻을 세우고 반야월 어린이도서관 준비모임을 조직했다. 대구시가 공모한 주민자치사업에 선정되어 9백만 원의 보조금도 받았다. 회원들은 함께 공간을 꾸미고, 책을 기증받으러 동네를 돌았다. 아빠는 마룻바닥과 앉은뱅이 탁자를 만들고, 화가 엄마는 벽화를 그렸다. 4,500권의 책을 마련하여 기적처럼 도서관 문을 열었다. 도서관 이름은 '아띠(친한 친구)'라 지었다. '시간을 나누고 재능을 나누며 물품을 나누는 나눔공동체'로 모든 운영은 자원봉사로 이루어지고 있다.

아띠도서관은 주민자치가 꽃을 피운 소중한 경험이다. 주민

스스로 사업의 목표를 설정하고, 역할을 분담하고, 운영도 자치회를 통해 꾸려간다. 또 사업의 주체가 주부라는 점도 주목할 만하다. 아이들 교육에서 책의 중요성을 느낀 엄마들이 사교육비를 줄이고, 공동처 활동을 통한 건강한 교류의 장으로 마을 도서관을 열게 된 것이다. 이러한 사업은 주민이나 관계 기관의 지원을 끌어내기도 쉽다. 주민을 결집시키는 구심점이 되기도 하고, 지역 문화 운동의 중심이 될 수도 있다. 어린이도서관 건립 같은 사업은 풀뿌리 민주주의의 토대가 된다는 점에서도 바람직한 주민 자치 활동으로 평가받고 있다.

도서관이란 공간은 사회적으로 매우 의미 있는 공간이다. 자본주의 사회에서 드물게 효율성이나 경제적 가치를 떠난 특별한 장소이기 때문이다. 그 곳은 책이라는 매체를 중심에 두고 다양한 문화 활동이 이루어진다. 또 최근에는 주민을 위한 평생교육의 장소가 되기도 하며, 소통과 교류의 장소로서 역할을 톡톡히 해내는 곳이기도 하다. 무엇보다 도서관은 미래 지향적이고 생산적인 활동이 이루어지는 곳이다. 이런 점에서 한 마을에 도서관이 있다는 것은 자랑이자 자긍심이다. 반야월의 주부들이 일구어낸 어린이 도서관은 미래를 향한 희망의 돛을 올린 것이다.

경산의 주부들도 뜻을 같이하는 사람들끼리 이런 사업에 한번 도전해 보자. 이러한 운동은 개인의 삶을 풍요롭게 해 줄뿐만 아니라 내가 살고 있는 지역을 발전시키는 원동력이 되기도 한다. 아울러 이러한 주민 자치의 경험은 시민으로서 자긍심과 주인정신을 가지게 해 줄 것이다. 지방 자치는 멀리 있지 않다. 내 삶의 가장 가까운 곳에서 생활 자치를 실현할 때 민주주의의 주인이 된다. 주민들의 뜻과 경산시의 정책이 함께한다면 경산에도 마을마다 작은 도서관이 기적적으로 탄생하리라 본다. 뜻이 있는 곳에 길이 있다.

평생 교육의 현장에서

　　나는 평생교육의 현장에서 10여 년 넘게 일을 해왔다. 처음에 선배의 권유로 대학평생교육원에서 어린이 글쓰기 지도에 대한 강의를 했었다. 내가 지닌 재능을 살려 경험과 지식을 또래 학부모와 나누는 일은 즐겁고 보람 있었다. 그들과 나는 교육자와 피교육자라는 관계를 뛰어넘어 무언가를 공유하고, 같은 여성으로서 성장해간다는 사실이 의미 있게 다가왔던 것 같다. 첫 시간에 자기소개를 하고, 강의를 들으러 온 이유를 말한다. 대부분 두 가지로 압축된다. 하나는 내 아이를 잘 키우기 위해, 다른 한 가지는 점점 작아지는 내 존재를 찾기 위해서.

　　그녀는 고등학교를 졸업하고 얼마간의 직장 생활을 거쳐 결혼을 하고 아이를 키우느라 전업주부로 세월을 보내며 살았다. 자그마한 사업체를 경영하던 남편이 IMF 때 부도가 났다. 당장 생계를 이어가기 위해 식당 아르바이트와 마트의 계산원으로 일을 했지만, 생활이 힘들었다. 그러다가 국비 지원 직업학교 한식조리사반에 등록을 했다. 조리사 자격증을 딴 그녀는 학교 급식소에 취업을 했고, 비정규직에서 정규직으로 완전한 취업을 했다. 몸은 다소 고되지만, 근무 시간도 좋고 가정 경제에도 적잖은 보탬이 된다. 마흔이 넘어 새로운 배움의 길에 들어서서 취업에 성공한 그녀는 평생교육의 혜택을 제대로 받은 사람이다.

그녀들은 경산시 여성회관 강의실에서 만났다. 5개월의 교육 과정을 수강하면서 동창생이 된 것이다. 수료를 할 무렵 더 공부를 해야겠다는 의견이 모아져 학습동아리를 만들었다. 일주일에 한 번씩 만나 아이들 교육에 관련된 분야의 책을 읽고 공부를 했다. 그러면서 인간적인 교류의 폭도 넓혔다. 평생교육의 장을 거치면서 평범한 아줌마의 일상에서 벗어나 삶을 새롭게 재단하는 방법을 배운 것이다. 아줌마의 수다를 넘어선 주제가 있는 만남과 자기 성장을 도모하는 모임은 또 다른 삶의 행복을 가져다주었다. 동네 아이들을 모아 배운 것을 실습도 해보았다. 지역의 정보센터에 자원봉사를 제안하여 보다 체계적으로 프로그램을 짜서 아이들을 만났다. 그 가운데 몇 명은 방과후교실 강사로 나서기도 하고, 독서지도사로 활동하는 사람도 많다.

경산은 평생학습 도시이다. 여성회관, 교육정보센터, 문화회관, 주민자치센터 등에서 시민들을 위한 다양한 프로그램이 가동되고 있다. 거의 무료에 가까운 탓에 많은 시민들이 자신이 배우고 싶은 것들을 공부한다. 인기 있는 강좌는 새벽부터 줄을 서야 수강을 할 수 있다. 이렇게 배운 것을 활용하여 자원봉사도 하고, 취업에 성공한 사람도 꽤 있다. 평균수명이 늘어나면서 은퇴자들이 전원도시 경산으로 이사 와서 노년을 보낸다. 노인들을 위한 종합복지센터가 그들에게는 유익한 만남의 장이다. 집안에서 동네에서 늙은이 취급받으며 남은 생을 낭비하지 않고 인생을 즐기는 노인들이 점점 늘어난다.

평생교육도 업그레이드시켜야 할 때이다. 취미 강좌와 직업교육 강좌를 차별화하여, 기간과 운영 방법을 달리하는 게 효율적이다. 단기간의 교육만으로는 어려운 과목도 있다. 이런 과목은 일 년 단위로 편성하여 제대로 배워 나가야 살아남을 수 있다. 또 기초과정과 연계된 심화과정을 개설하여 보다 전문적인 공부를 하는 것도 좋을 듯하다. 또한 평생교육기관에서 교육을 마친 수강생들은 수료를 하고나서 소모임을 만들어 계속 공부를 하고 싶어 한다. 그런데 모임을 할 장소가 마땅하지 않아 어려움이 많다. 앞으로 확대되어 가겠지만 학습동아리에 대한 지원이 뒤따라야 하겠다. 자신의 적성에 맞는 공부를 하고, 그 일에 대한 지속적인 관심과 실천에 대한 고민을 함께할 모임이 많아져야 한다. 그렇다면 이런 모임을 꾸려갈 수 있는 장소와 최소한의 운영비, 체계적인 지원이 뒤따라야 할 것이다.

배운 것을 실천하기란 쉽지 않다. 진정한 배움은 내 생각이 바뀌고, 내 삶이 변화를 가져올 때 빛난다. 하나의 기능을 배우는 것도 즐거운 일이지만, 의식의 변화가 바탕에 깔려야 한다. 철학자 김영민은 '공부론'에서 "공부를 관념들을 섞는 재주로나 글자들을 이어붙이는 재주로만 보아서는 큰코다친다. 그래서 공부란 진지한 것이며, 반드시 비용이 드는 것이며, 나와 주변을 바꿀 수 있는 것이다."라고 말했다. 평생교육이 이 시대의 화두라면, 공부에 대한 진지한 개념부터 배워야 하지 않겠는가. 배운 것을 머리에만 둔다면, 사는 일이 점점 힘들어질 수도 있다. 모름지기 배운 것은 써먹어야 한다. 평생교육도시 경산이 제값을 하려면 나와 경산을 바꾸어 나가야 한다.

나무의 도시, 경산

내가 살고 있는 동네는 우거진 가로수가 멋있다. 키가 큰 느티나무가 터널을 이루는 거리를 걷노라면 숲 속에 들어선 듯 기분이 좋아진다. 봄이면 아침마다 달라지는 연둣빛의 잎사귀가 생명의 기운을 전해주고, 여름이면 초록의 잎이 우거져 뜨거운 태양을 가려준다. 또 가을이면 단풍이 곱게 든 낙엽이 노점상 할머니의 흰머리에 꽃처럼 내려앉는다. 차가 다니지 않는 밤에 느티나무 아래를 거닐면 숲길을 걷는 듯한 착각이 일어난다. 해거름이 질 무렵 산책하듯 가로수 아래를 걷노라면 나무에서 내뿜는 산소가 지친 심신을 달래준다. 내가 오랫동안 우리 동네를 떠나지 못하는 이유이기도 하다.

장지오노가 지은 《나무를 심은 사람》의 주인공 부피에 노인은 버려진 황무지를 숲으로 가꾼다. 나무가 자라지 않는 황무지에는 새도 떠나고 샘물조차 말라버렸다. 물론 사람도 떠나버렸다. 부피에 노인은 혼자 오두막집을 짓고 도토리 씨앗을 심기 시작한다. 처음에는 단 몇 개의 씨앗만이 싹이 돋아났다. 그래도 노인은 포기하지 않았다. 우직스러운 노인의 신념으로 황무지는 점점 푸르게 변해갔다. 나무가 자라 우거지고 숲을 이루자 새들이 깃들기 시작했다. 동물도 돌아와 보금자리를 꾸몄다. 계곡에는 맑은 물이 사시사철 흐르고, 떠나갔던 사람도 돌아와 마을을 이루었다. 사람들의 표정은 밝고 친절했다. 숲이 지닌 놀라운 생명력을 보여주는 이야기이다.

경산 시내 중앙로에는 가로수가 없다. 예전에는 플라타너스 나무가 있었으나 도로를 확장하면서 다 베어냈다. 차가 달리는 도로와 사각형의 건물이 경산의 풍경을 점령하고 있다. 인공의 건축물이 중심을 이루는 도심은 삭막하고 건조하다. 길을 걷다가도 잠시 그늘로 들어가 땀을 훔치거나 다리쉼을 할 만한 공간이 없다. 특히 여름철엔 뜨거운 아스팔트와 숨 막히는 열기만이 가득하다. 남천 강변도 마찬가지다. 조경수로 심어놓은 늘씬한 소나무는 키만 클 뿐 그늘을 드리우지 못한다. 그래서 해거름이 져야만 강변을 걸을 수 있다. 예전에는 못 둑이나 강둑에 미루나무나 물버드나무를 심었다. 물론 둑을 튼튼히 하려는 건축공학적 목적이기는 했지만, 그와 더불어 사람들에게 그늘을 제공하여 고단한 삶의 휴식처 역할을 톡톡히 했다.

　전라도 순창에서 담양으로 가는 길에는 꽤 유명한 가로수 길이 있다. 키가 큰 메타세콰이어 나무가 4.8km에 걸쳐 사열하듯 관광객을 맞아준다. 그 길은 담양시의 명물이자 상징물이다. 1790년대 초에 정부 정책에 따라 시범 가로수길 조성 사업으로 2,3년 된 어린 묘목을 심었다. 그 나무들이 자라 꿈의 드라이브 코스로 사람들의 사랑을 받고 있다. 영화 촬영과 광고사진 촬영지로도 인기가 있으며, 2002년에는 산림청 지정 '가장 아름다운 거리'로 선정되기도 했다. 메타세콰이어 나무는 특유의 향을 내뿜으며 기분을 좋게 해줄 뿐만 아니라 시각적으로도 매우 아름답다. 담양시에서는 자전거 대여점까지 두어 관광객들이 가로수 투어를 즐기도록 배려하고 있다.

　친환경 생태형 하천으로 탈바꿈하는 남천 개발과 함께 나두가 있는 경산 가꾸기를 제안하고 싶다. 시청 앞 남매지로의 느티나무는 나무가 도시를 얼마나 아름답게 해주는지를 잘 말해준다. 남매지와 어우러진 느티나무 가로수는 경산의 이미지를 새롭게 디자인 해주는 모범 사례이다. 이 시대의 모든 길은 속도로 재단된다. 오로지 목적성과 효율성만을 중심에 두고 속도전을 벌이는 길에는 자동차만 있을 뿐 나무도 인간도 없다. 이제는 개발

중심의 사고에서 벗어나 거리마다 동네마다 특색 있는 나무를 심고 가꾸어 간다면 자연스럽게 사람이 몰려올 것이다.

나무는 사람의 심성까지 변화시키는 놀라운 힘을 지닌 존재이다. 실제로 나무에서는 피톤치드라는 화학 물질이 나온다고 한다. 식물이 해충이나 곰팡이에 저항하려고 내뿜는 물질인데, 스트레스를 해소해주고 장과 심폐 기능도 강화시켜 준다고 한다. 실제로 숲길을 걸어보면 머리가 맑아지고 촉촉한 습기가 코로 스며들어 기분이 좋아진다. 전남 장성군의 편백나무 마을은 병을 치유하고자 하는 사람들이 줄을 서서 대기할 정도로 인기가 높다. 숲이 지닌 치유의 효능을 증명해 주는 좋은 사례이다. 매일 전쟁 같은 삶을 살고 있는 도시인에게 나무는 마음의 여유와 삶의 여백을 안겨 주는 소중한 존재다.

경남 하동의 '화개 십리 벚꽃길' 같은 경산의 명물 거리를 나무로 가꾸어 보자. 묘목단지에서 키운 나무를 파는 정책도 중요하다. 그러나 경산이 묘목으로 얻은 명성을 지켜나가고 확산하려면 '나무의 도시 경산'으로 이미지를 만들어가야 한다. 우리 지역의 기후와 토양에 맞는 가로수를 선정하여 동네마다 거리마다 수종이 다른 나무를 심고 가꾸자. 전국 최대의 묘목 생산단지라는 경산에 나무가 너무 없다.

도시 디자인

  성암산 정상에서 경산 시내를 내려다본다. 경산 시내를 가로질러 흐르는 남천강이 보인다. 시내 중앙로를 중심으로 형성된 상업지구와 주택 단지들이 중심부에 자리 잡고 있다. 시청 앞 남매지와 영남대학교, 실내체육관도 보인다. 최근 거대한 아파트 단지로 변하고 있는 사동지구와 공사가 끝난 새 길이 시원스럽다. 백천지구, 옥산지구 같은 주거지에는 고층 아파트들이 숲을 이룬다. 철거가 끝난 옛 새한공장 부지는 아직 공터로 남아 있다. 곧 고층빌딩이 들어서고, 또 하나의 부도심이 형성될 것이다. 그런데 순조롭게 옮겨가던 시야에 턱 걸리는 건물이 하나 있다. 바로 경산여자중·고등학교 옆에 건설 중인 고층 아파트이다. 그 아파트는 남천강의 경관뿐만 아니라 경산의 스카이라인을 망쳐놓고 말았다.

그야말로 경산은 역동적으로 발전하고 있다. 곳곳에 들어서는 아파트 단지와 늘어나는 인구, 진량 산업단지의 확대 등. 인구가 점점 줄어드는 인근 농촌 지역에 비하면 얼마나 다행스러운가. 여기서 잠깐, 이런 외형적인 발전상들이 살기 좋은 도시의 필요충분조건인지 한번 따져보자. 일자리가 늘어나고 인구가 증가하고, 세수가 늘어나면 지자체의 재정 자립도도 높아진다. 그런 의미에서 경산은 성장 잠재력이 무한한 도시다. 그러나 경산에 주소를 두고 있는 많은 사람들이 진정으로 경산시민으로서 소속감을 가지고 있는가. 또 자신이 살고 있는 경산의 역사와 문화, 지방 자치에 대하여 애정과 관심을 가지고 있는지는 의문이다.

언론에 '도시 디자인'이라는 단어가 자주 등장한다. 도시 디자인의 사전적 의미는 인간이 행복한 도시, 인간이 머물며 삶을 지속하고 싶은 도시를 만들기 위한 창의적인 도시계획을 말한다. 그래서 도시 디자인은 거시적인 시각의 종합적인 계획 수립과 함께 건축물의 선과 색상, 인공과 자연의 조화 등을 고려한 도시 만들기 과정의 총체라고 볼 수 있다. 그 가운데 공공디자인은 유행이나 트렌드에 맞추기 보다는 시민의 안녕과 행복 같은 사회문화적 가치를 추구한다. 따라서 공공시설물 설치나 도시 공간의 개발은 그 도시의 환경적 특성과 고유한 문화적 요소를 반영해야 한다. 이러한 과정들은 시민들의 공감대를 이끌어내고 삶의 질을 높여나가려는 새로운 의미의 도시공학으로 최근 관심사로 등장하고 있다.

일본의 요코하마는 도시 디자인의 모델이 되는 도시이다. 요코하마 시는 건물의 색상과 소재, 형태 등을 공공 디자인을 통해 조절함으로써 도시 전체의 경관을 바꿔놓은 대표적 도시다. 2차 대전 이후 황폐해진 도시를 바꾸기 위해 디자인을 도시 계획 정책의 최우선으로 삼았던 것이 그 출발점이다. 최근 우리나라에서도 도시 디자인에 대한 관심이 높아짐에 따라 그곳을 찾는 이들이 무척 많아졌다고 한다. 조선소와 창고를 헐어내고 인근 바다를 매립해 재개발한 요코하마의 미나토 미라이는 디자인을 통해 스카이라인을 살리고 건물의 색채도 고려했다. 거대한 유람선 모양의 독특한 디자인으로 널리 알려진 요코하마 국제 페리 터미널은 배의 갑판처럼 목조로 만들어져 요코하마의 관광 명소가 됐다. 공공 디자인을 도시 개발에 도입해 국제 관광도시로 성공한 요코하마는 관광객이 2006년 3900만 명이 다녀갔다 하니 그 효과는 어마어마하다.

경산은 과연 어떻게 도시 디자인의 청사진을 그려갈 것인가. 낡은 것을 허물고 자꾸 새로운 건물만 짓는다고 도시 디자인을 잘 하는 것은 아니다. 최근 경남 장승포시는 항구에 남아 있는 일본식 목조 건물을 근대 문화유산으로 지정하고, 예전의 풍광을 되살려 관광 상품으로 개발했다. 경산에도 보존 가치가 충분한 건물이나 거리를 문화유산으로 지정해야 할 것이다. 이러한 것은 한번 허물고 나면 복원이 거의 불가능하다. 아직 미개발지구로 남아 있는 서상동, 삼북동을 근대 문화유산 거리로 만들면 어떨까. 개발만이 능사는 아니다. 환경적 문제를 충분히 고려한 재활용이나 리모델링으로 얼마든지 새로운 도시로 탈바꿈 할 수 있다.

어디서나 볼 수 있는 사각형의 빌딩과 고층 아파트는 삭막한 도시의 주범이다. 도시의 스카이라인을 결정하는 건축물은 도시의 미관뿐만 아니라 시민들의 정서에도 영향을 미친다. 도시라는 공간이 주거의 개념을 넘어 인간의 삶을 담아내는 것으로 확장되고 있다. 그래서 도시 디자인은 효율성과 공공성, 심미적 가치까지 고려해야 한다. 가끔씩 도시의 어느 한 귀퉁이에 남아 있을법한 토담 길과 좁다란 골목길을 걸어가 보고 싶지 않은가. 울긋불긋 오로지 자신만 잘나 보이겠다는 간판부터 정비해보자. 이 작은 시도만 해도 도시의 이미지가 훨씬 산뜻해 질 것이다. 친환경형 하천으로 개발하는 남천강을 중심으로 경산을 새롭게 디자인해보자.

또 한 마리의 괴물

서울 시민들이 한가롭게 휴일을 즐기고 있는 한강변에 어느 날 무서운 괴물이 출현한다. 그 괴물은 아이 어른 가리지 않고 잡아가서는 어디론가 사라진다. 예기치 못한 사건은 매점을 운영하는 한 가족에게 감당하기 힘든 불행을 안겨준다. 특별할 것 없이 오징어를 굽고, 컵라면을 팔던 평범한 가족은 실종된 딸을 찾기 위해 나선다. 돈도 백도 없는 소시민인 강두 가족은 누구의 도움도 없이 외로운 싸움을 벌일 수밖에 없다. 봉준호 감독이 만든 영화 〈괴물〉은 난데없이 다가온 괴물 앞에 절망하고 좌절하는 가족 이야기이다. 이 영화는 여러 의미를 던져주지만, 특히 저항의 한계를 넘어서는 괴물 앞에 속수무책으로 무너지는 이 시대 가족의 모습이기도 하다.

경산에도 거대한 괴물이 출현할 조짐이 보인다. 또 하나의 대형 마트가 경산시에 건축심의 신청을 해놓았다. 이마트가 개장하고 난 후 지역 상권이 급격하게 위축되고 있다. 그런데 불과 200여m 거리에 홈플러스가 또 들어선다면 경산 시장과 지역 소매점은 초토화될 것이 뻔하다. 대형 마트 하나가 소매점 300여 개를 잠식한다고 한다. 지난 10년간 구멍가게로 불리는 재래 매점이 15만 개 이상 감소한 것으로 나타났다. 특히 대형 마트의 증가는 고용 감소로 이어져 민간 소비를 둔화시키는 결과를 초래한 것으로 조사됐다. 더 안타까운 것은 괴물과도 같은 대형 마트를 규제할 어떠한 법적 장치나 제도가 없다는 사실이다. 괴물이 출현한 지도 꽤 오래되었건만, 당국은 괴물을 퇴치할 무기도 방책도 마련하지 않고 바라보고만 있다.

일본의 지방 중소 도시 모바라 시도 200m마다 대형마트 허가를 내주었다. 그 결과 중심 상가의 80%가 문을 닫았다. 상가는 셔터가 내려지고, 실업자도 늘어났다. 3년 사이에 인구 2만 명이 타 지역으로 빠져나갔다. 전통 축제에 몰려오던 관광객조차 감소하여 지역 사회에 전반적인 위기가 도래했다. 도시 전체가 점점 황폐화되었다. 반면, 온천휴양지로 유명한 구마모토 시는 새로운 대형 마트의 진입을 금지하는 새 도시계획법을 제정하였다. 특이한 것은 상인들이 아니라 일반 시민들이 나서서 서명 운동을 주도했다는 사실이다. 전체 67만 인구 중 23만 명의 반대 서명에 동참했다. 공청회와 용역 조사도 하였다. 그러자 시 당국은 대형 마트가 도시의 조화와 균형 발전을 위협하고 교통난을 유발한다며 허가를 내주지 않았다. 이러한 법 제정은 시민단체에서 만들어낸 시민운동의 위대한 성과물이다.

재래시장은 단순히 물건을 사고파는 장소만은 아니다. 장날, 시골 촌부는 고된 농사일과 시집살이에서 해방되어 사람들을 만나고 그리운 친정 소식도 듣는다. 또 할아버지 할머니는 제삿장을 핑계 삼아 국밥집에서 술도 한 잔 하며 사돈네 안부와 일가친척의 소식을 주고받는다. 장터는 소통과 만남의 장소이다. 시장은 인간과 문화가 어우러지는 공간이다. 그러나 대형 마트는 효율성을 앞세운 자본의 논리만 유용한 곳이다. 대형 포장으로 소비를 조장하고, 중소기업의 수익성을 떨어뜨리고, 비정규직을 양산한다. 또 소비자가 누려야 할 서비스의 부분까지 스스로 하게 함으로써 이윤을 극대화한다. 무엇보다 지역 경제에 기여하는 것이 없다. 판매 이윤을 본사로 가져가 경제의 역외유출을 심화시키는 장본인이다.

경산의 중앙로 상가와 시장은 이미 이마트라는 괴물에게 서서히 죽어가고 있다. 사람들로 북적이던 시장에는 빈 점포가 수두룩하다. 홈플러스가 들어오면 오랜 역사와 전통을 지닌 경산의 소매점들은 거의 문을 닫게 될 것이다. 경산 사람들의 애환과 삶의 체취가 고스란히 녹아있는 시장의 황폐화는 곧 경산의 중요한 역사가 사라짐을 의미한다. 괴물을 퇴치할 대안을 찾아야 한다. 괴물은 점점 우리 곁으로 다가온다. 손 놓고 있다가는 경산도 잡아먹힌다. 일본의 구마모토 시처럼 시민들과 상인들이 힘을 모으면 괴물을 물리칠 방안이 생길 것이다. 강 건너 불구경하듯이 머뭇거리는 사이 괴물은 이웃과 내 가족을 삼켜버릴지도 모른다.

골목길 예찬

해거름이 질 무렵 집을 나선다. 이른 저녁을 먹고 동네를 한 바퀴 돌 요량이다. 한낮의 열기가 가라앉은 골목길에서 간간이 불어오는 바람이 청량하다. 마당이 있는 나지막한 옛 집들이 남은 우체국 뒤쪽으로 발길을 옮긴다. 좁은 골목길 초입에 빨간 대문 한 쪽이 열려 있다. 대문 옆으로 화분이 올망졸망 앉아 나그네의 눈길을 잡아끈다. 가까이 다가간 나는 집안을 들여다보고는 놀라움을 금치 못한다. 그 곳에는 비밀의 화원이 있었다. 비좁은 통로를 제외한 마당은 온갖 야생화의 천국이었다. 나도 모르게 집안으로 들어갔다. 인기척을 느낀 주인아주머니가 나왔다. 수백 가지가 넘는 화초들은 주인의 정성스러운 손길과 보살핌을 받아 비밀의 화원을 이루고 있었던 것이다. 골목길 산책에서 얻은 소중한 발견이다. 담장 밖 좁다란 화단에는 까만 점을 주근깨처럼 박고 있는 나리꽃이 자신의 존재를 과시한다. 담 위로 고개를 뻗은 감나무에서 청시 하나가 바닥에 떨어진다. 순간 입안에 떫은 침이 고인다.

경산에도 기와집이 낮은 처마를 맞대고 있는 골목길이 있다. 일제 강점기에 관공서와 상점들이 있던 서상동과 삼남동 길이다. 관공서야 더 넓은 터를 찾아 일찌감치 떠났지만, 세월을 비껴선 정겨운 집이 아직 남아 있는 곳이다. 송림한지 전국 총판으로 경산 최초의 백화점이었던 경일백화점은 아직도 간판을 달고 서 있다. 아침마다 면도를 하러 아버지들이 드나들던 이발소, 이층집 목욕탕 등이 그 자리에 남아 있다. 서상동의 옛 기와집은 식당으로 건재한다. 높다란 나무 대문 옆 토담 위로 주황색 능소화가 화사한 집들. 열린 대문 사이로 보이는 화단의 백일홍이랑 라일락은 내 유년의 뜰에 피어나던 꽃들이다. 그 길을 가노라면 괘종시계의 느린 움직임을 따라 시간이 천천히 흐른다. 여름 저녁나절, 수제비로 끼니를 때운 사람들이 손부채를 흔들며 하나둘 골목길로 나온다. 아이들은 좁은 골목길을 장막삼아 숨바꼭질을 한다. 서상동 골목길은 경산의 역사를 간직하고 있는 소중한 근대 문화유산이다.

안동 하회마을 골목길을 걸어본 적이 있는가. 하회마을 골목길은 직선이 가르는 기하학적인 분할의 황금률을 건축물에 구현한 인류의 유산이다. 골목길을 걷노라면 낮은 목소리로 두런두런 담소를 나누는 옛사람의 체취가 느껴진다. 그 골목이 보여주는 막힘과 소통의 적절한 배치 속에서 마을은 세상과의 거리를 유지했을 것이다. 하회마을 골목길은 넓지 않다. 한두 명이 비껴갈 수 있을 만큼의 폭을 유지한다. 담장 너머로 들려오는 이웃의 웃음과 한숨 소리를 들으며 인생살이의 애환을 나누었으리라. 초가집들이 옹기종기 모여 있는 골목길은 훨씬 인간적이다. 발뒤꿈치만 세우면 집안을 다 들여다볼 수 있었던 낮은 울타리를 경계로 형성된 골목길은 인간과 뭇 생명이 공존하는 공간이었다. 병아리를 거느린 어미닭과 아이들과 잡초가 골목길에서 같이 살았다. 이처럼 우리네 골목길은 세상과의 최소한의 경계임과 동시에 만남과 소통의 공간이기도 했다.

아파트가 들어서면서 골목길도 사라졌다. 사람들은 엘리베이터를 타고 오르내리며, 복도에는 침묵만이 감돈다. 오로지 경제적 효율성과 속도의 가치가 최전선에 배치되고, 인간과 인간을 이어주던 사이의 공간은 사라졌다. 모든 일상을 집안에서만 영위하다보니 생각조차 가둬버렸다. 밀실의 공간으로 숨어든 개인은 소통 불능과 외로움에 빠져버렸다. 골목길이 사라진 결과이다. 현대사회의 모든 골목길은 자동차가 점령했다. 인간은 걷기

의 기회를 잃어버림과 동시에 만남의 장소를 **빼앗겨버렸다**. 골
목길이 그립다. 따스한 마음이 오가던 그 시절이 사무치게 그리
운 것은 내가 세월을 그만큼 살았다는 것이리라.

국밥 한 그릇

　낙엽이 거리를 뒹군다. 여름 가뭄을 용케도 잘 견뎌낸 느티나무가 꽃상여 같은 단풍을 이고 있더니 순리대로 잎을 땅으로 돌려보낸다. 그 지는 모습이 한량없이 가볍다. 홀연히 버려야할 것은 목숨이 아니다. 낙엽이 우리에게 던지는 메시지는 물질과 욕망으로부터의 가벼움이다. 높이 더 높이 쌓아온 내 안의 욕망에 대한 근원적인 성찰을 해보자. 지는 낙엽은 그냥 사라지지 않는다. 흙으로 돌아가 썩어 거름이 된다. 그 거름은 내년 봄에싹틔울 희망이며 바람이다. 차 한 번 덜 타고 걷고, 고기 좀 덜먹고, 아파트 평수를 좀 줄여보자. 그 줄어든 빈자리에 새로운꿈을 심어보자. 삶의 목표와 욕망을 재배치하면 또 다른 희망이안겨올지도 모르지 않은가.

하늘 높이 올라가던 아파트 건설 현장이 조용하다. 널뛰듯 오르내리던 주가와 환율은 겨우 진정시켜 놓았건만, 문제는 올겨울 서민들이 겪어야 할 체감 경기이다. 정부는 각종 규제를 풀고, 부동산 거래 활성화를 위해 갖은 처방전을 다 내놓는다. 그러나 지방 경제는 사실상 빈사 상태에 이르렀다. 국토의 균형 발전과 지방 경제의 활성화를 위해 제정했던 수도권 개발 규제법도 다 풀릴 전망이다. 이렇게 되면 그야말로 지방은 찬밥 신세로 전락하고 말 것이다. 고만고만한 자영업과 중소기업이 주축인 지역 경제는 가라앉는 폐선처럼 저물고 있다.

미국 발 금융 사태는 전 지구를 경제 공황의 공포로 몰아넣었다. 가까스로 정부가 구제금융이라는 받침대로 내려앉는 서까래를 추슬러 놓았지만, 실물경제에 닥쳐올 후폭풍이 더 두렵다. 고도성장의 열매를 만끽하면서 소비의 즐거움에 젖어 있던 어느 날, 첫 추위와 함께 닥친 이름도 낯선 IMF는 우리 삶을 송두리째 곤두박질치게 했다. 가장의 실직이라는 청천벽력 앞에 누구의 잘못인지도 모르고 속절없이 세상을 원망하며 견뎌내야 했던 그해 겨울은 얼마나 추웠던가.

최근 경산 지역에서 40, 50대 남녀 세 사람이 아파트에서 뛰어내렸고, 두 사람은 유명을 달리했다. 오죽하면 자신의 목숨을 스스로 버리려고 뛰어내렸겠느냐만, 살아남은 자들의 자괴감은

납덩이처럼 가슴을 짓누른다. 인간이란 존재는 근원적으로 외롭다. 그래서 인간끼리 어울려 지지고 볶으며 사는지도 모른다. 힘들수록 이웃끼리 친구끼리 서로 따뜻하게 보듬어야 하리라. 혼자서 껴안고 가기에는 이 시대의 삶이 너무 힘겹다. 단절된 아파트라는 공간에서 자기만의 밀실에 갇혀 있다 보면 극단적인 선택을 하게 된다. 굳이 물질이 아니라도 좋다. 따스한 마음만으로도 충분히 위안이 될 수 있다.

> 가을이 되면 찬밥은 쓸쓸하다
> 찬밥을 먹는 사람도
> 쓸쓸하다
>
> 이 세상에서 나는 찬밥이었다
> 사랑하는 이여
>
> 낙엽이 지는 날
> 그대의 저녁 밥상 위에
> 나는
> 김 나는 뜨끈한 두밥이 되고 싶다

– 안도현의 시 〈찬밥〉 전문

이제 곧 추위가 닥칠 것이다. 찬밥덩이는 그냥 먹을 수 없다. 따뜻한 물에라도 말아야 속을 데울 수 있다. 정치권만 쳐다보고 있기에는 우리네 밥상이 너무 춥고 빈약하다. 찬밥이 국을 만나면 한 끼 배부르게 먹을 수 있는 국밥이 된다. 춥고 배고픈 겨울날, 뜨끈한 한 그릇의 국밥이 주는 포만감과 행복감을 어디에 견줄 수 있으랴. 찬밥처럼 쓸쓸하게 가을을 보낼 것인가. 시장에 가서 동태라도 한 마리 사다가 가을무 숭덩숭덩 썰어 넣고 국 한 솥 끓여야 하리. 밥상 위에 뜨끈한 국밥을 차려 이웃끼리 나누어 보자. 그러다보면 서로에게 뜨끈한 국밥이 되어 쓸쓸한 생에 작으나마 위안이 되리니.

신춘소묘(新春素描)

경산시장에 봄나물이 나왔다. 봄냉이, 달래, 쑥 등이 노점상 할머니가 펼쳐놓은 바구니에 담겨 봄을 마중한다. 조금 더 있으면 두릅 순, 취나물, 돌나물 같은 우리 산야에서 돋아나는 산나물이 시장거리를 장식할 것이다. 두릅 순을 살짝 데쳐 초장에 찍어 먹으면 입맛이 돌아온다. 봄나물은 예로부터 우리 민족에게는 춘궁기의 식량이자 약초였다. 겨울 추위를 이겨내고 새봄에 언 땅을 뚫고 나오는 봄나물은 강한 향과 약성을 지니고 있다. 가장 먼저 돋아나는 것은 냉이와 쑥이다. 원자폭탄이 떨어진 히로시마에 가장 먼저 돋아난 것이 쑥이다. 그만큼 생명력이 강하다. 봄이면 여자 아이들의 바구니를 가득 채워주던 쑥은 힘든 보릿고개를 넘게 해주던 구황나물이기도 하다. 공해와 첨가물에

찌든 몸과 마음을 봄나물이 해독시켜 주리니. 식탁 위에 향긋한 나물로 봄을 차려보자.

통도사 홍매화가 피었다. 늙은 고목 등걸에서 피어나는 선홍 색의 매화는 봄의 정령이다. 잔설의 찬 기운을 품은 바람이 아직 지상을 맴돌지만, 하나둘 터지는 꽃망울이 환희의 송가처럼 다가온다. 매화는 곧 봄이 온다는 전갈이다. 검은 나무 등걸은 세월의 신고를 말하는 듯 고단해 보인다. 그래도 매화는 올해도 약속대로 화사한 봄소식을 전해온다. 퇴계 선생의 매화 사랑은 끔찍했다. 매화를 읊은 시조가 100수가 넘으며, 돌아가시기 전 마지막 하신 말씀도 "저 매화나무에 물주라."였다고 전한다. 퇴계 선생은 매화의 절개와 향취를 좋아하신 듯하다. 모든 생명이 움츠려든 시절에 홀로 고아한 자태로 꽃을 피우는 매화는 사람의 시선을 끌어당긴다. 또한, 그윽하고도 고매한 향은 겨우내 찌들은 심연을 파고들며 마음을 정화시켜 준다.

입춘, 우수가 지나면 농사 준비를 해야 한다. 농부는 겨우내 웃자란 과수나무의 잔가지 전지부터 한다. 여학생의 단발머리처럼 가지런히 전지된 과수나무와 탱자나무 울타리는 바로 농부의 모습이다. 잘라낸 잔가지는 소죽 솥 아궁이의 불쏘시개로 제격이다. 외양간 옆에 쌓아둔 두엄도 밭에 내야 한다. 발효되어 김이 무럭무럭 나는 두엄더미는 땅심을 북돋워 주는 거름이 된다.

겨울 동안 휴식을 취한 농부의 마음도 덩달아 분주해진다. 고된 노동의 땀을 흘려야 하는 농사일은 봄부터 부지런히 준비하지 않으면 안 된다. 들판에 두엄냄새가 나기 시작하면 비로소 아지랑이가 피어오른다. 양지바른 밭둑에는 달래랑 쑥이 돋아나기 시작한다. 봄은 농사의 시작이며, 농사는 봄과 함께 시작된다.

아이들이 새 학년이 되고, 졸업과 입학이라는 통과 의례를 거치면서 새로운 세계로 들어가는 계절도 봄이다. 친척들이 준 축하금으로 책가방도 사고, 입학식 날 입고 갈 새 옷도 한 벌 장만한다. 학부모가 되는 엄마도 같이 초등학생이 된다. 아이가 학교 생활에 적응은 잘 할까, 학교 공부는 잘 따라갈까 등 이런저런 생각에 잠을 설친다. 무엇보다 좋은 담임선생님을 만나게 해달라고 날마다 기도한다. 봄은 두려움과 기대감이 교차한다. 특목고나, 대학은 아직 먼 이야기지만, 사교육이 아이의 장래를 결정짓는 현실이 어깨를 짓누른다. 남편의 월급봉투도 얇아지고 물가가 너무 올라 생활비가 빠듯하다. 그래도 아이의 초등학교 입학은 부부의 꿈이자 가정의 희망이다.

봄이 괴롭고 힘든 사람도 있다. 바로 대학을 졸업하는 청년들이다. 기약 없이 얼어붙은 취업 환경이 열악한 것은 지방이 더 심각하다. 취직 못한 신세를 자조적으로 일컫는 빌빌세대, 장기간 공무원 시험을 준비하는 구직자가 늘면서 탄생한 공시(公試)

커플 등이 취업 준비생 사이에서 생겨난 안타까운 신조어이다. 자격증, 토익, 토플 성적에 덤으로 인턴십, 아르바이트, 공모전, 봉사활동 등이 필수 과목으로 입사지원서에 따라붙는다. 그들에게 봄은 잔인하다. 춘래불사춘(春來不似春)이다. '봄이 왔으나 봄 같지 않다'는 뜻으로, 현실이 어렵고 힘들다는 말이다. 인생의 새봄을 맞이해야 할 청년들을 실업자로 전락시키는 사회는 건강한 사회가 아니다. 사회인으로 첫발을 내딛는 그들에게 봄의 희망은 정녕 꿈이런가.

신춘(新春)이다. 올봄은 작년의 봄이 아니다. 봄은 새로운 시작이며, 새 생명이 탄생하는 계절이다. 산심연후사(山深然後寺)요 화락이전춘(花落以前春)이라. '산이 깊은 연후에 절이고 꽃이 떨어지기 이전에 봄이로다'라고 했듯이, 봄은 순리대로 우리 앞에 온다. 땅이 얼었다 녹았다 하면서 땅 속의 씨앗은 발아의 몸부림을 친다. 약동하는 새 기운을 받아 우리도 새로운 봄을 시작해 보자. 지난 겨울은 춥고 암울했다. 겨울이 깊을수록 봄의 기다림은 더욱 간절하다. 봄이 마침내 우리 앞에 온 것처럼 우리의 겨울도 그리 길지 않으리라.

장터의 변신은 무죄

　우리 동네에는 수요일마다 장이 선다. 동네 한가운데를 가로지르는 길을 따라 서는 수요장은 색다른 풍경을 연출한다. 천막을 펼쳐 나란히 들어선 가게에서 파는 주요 품목은 먹을거리다. 맨 끝자락에 오징어순대 가게가 이번 주에 새로 등장했다. 통통한 오징어가 고소한 냄새를 풍기며 찜통 위에서 손님을 유혹한다. 그 옆에는 양파나 오이 같은 채소들을 작은 소쿠리에 담아놓고 있는 야채가게, 가족으로 보이는 젊은 남자 둘과 여자 한 사람이 삼각 편대로 서서 열심히 손님을 부르는 생선가게도 있다. 물 좋은 간고등어 한 손을 산다. 새콤달콤한 과일 향이 손님을 유혹한다. 색깔도 화려하다. 햇살과 바람과 농부의 땀방울이 빚은 열매는 천상의 선물이다. 갓 튀겨낸 고소한 어묵을 공짜로 맛보려는 사람이 줄을 선다. 젊은 여성은 옷가게를 펼쳐놓았다. 삶에 대한 강인한 의지가 엿보인다. 반찬가게, 카세트테이프를 파는 가게 등 예전 시골 오일장에서 만나던 풍경이 펼쳐진다.

빛바랜 유년의 기억의 한가운데 장터가 자리 잡고 있다. 작은 소읍의 장날은 아침나절부터 어른이고 아이고 할 것 없이 들뜨고 흥분된 가운데 분주하게 시작되었다. 엄마 손을 잡고 시장 구경하는 재미가 쏠쏠했다. 달구지에 예쁜 옷가지를 잔뜩 싣고 다니던 아저씨는 얼굴이 무척 검었는데, 하얀 이를 드러내며 웃는 모습이 좋았다. 원하는 것을 다 가질 수는 없었지만, 그냥 구경하는 것만으로도 황홀했다. 명절을 앞둔 대목 장날이 되면 잠을 설쳤다. 엄마를 졸라 옷 한 벌 얻어 입을 수 있겠다는 생각에 얼마나 마음 설레었던가. 알록달록한 꽃무늬가 있는 원피스 한 벌을 입은 나는 구름 위를 걷는 듯했다. 예전의 장터는 단순히 상거래만 하는 곳이 아니었다. 장터에서 만나 서로의 안부를 전하기도 했고, 시집간 새댁은 친정 소식에 눈시울을 붉히기도 했다. 목소리가 걸걸하던 싸전 할머니는 그 당시 온 국민의 인기를 누리던 반공 드라마의 주인공을 하는 남자 탤런트의 친누나라고 했다. 뻥튀기 기계 소리가 요란하면 설날이 가까워졌다. 장터를 통해 나는 세상과 만나고 성장했다.

영국 런던 노팅힐 지하철역에서 약 2km에 걸친 노점 거리는

30년 역사를 자랑하는 유명한 벼룩시장이다. 영화 〈노팅힐〉의 무대가 되기도 했던 곳이다. 런던에서 가장 큰 벼룩시장인 이곳은 골동품, 서적, 일용잡화에서 야채와 과일까지 서민이 애용하는 모든 물건이 다 있다. 벼룩시장이란 말은 프랑스에서 유래했다고 한다. 프랑스 파리의 한쪽 귀퉁이에서 각자의 물건을 내놓고 파는데, 경찰이 단속을 나오면 감쪽같이 없어졌다가 다시 원래 자리로 돌아오는 모습이 마치 벼룩이 튀는 것 같다고 해서 붙여졌다는 설이 있다. 벼룩시장은 과거와 현재가 만나는 공간이다. 여행자나 유학생은 벼룩시장에서 생필품을 값싸게 구입한다. 삶의 이야기가 담긴 오래된 물건이 지니는 가치는 무엇과도 바꿀 수 없는 가치가 담겨 있다. 서울 황학동에도 이런 벼룩시장이 있다. 없는 것이 없다는 그 곳은 서울의 명물거리다. 경산 시장 한 귀퉁이에도 이런 벼룩시장이 서면 재미있을 것 같다. 시골 할머니가 사용하던 참빗이나 난초무늬가 그려진 사기접시나 호롱을 펼쳐놓으면 멋진 벼룩시장이 되지 않을까.

시장은 사람을 만나고 교류하는 광장이다. 비린내 풍기는 생선가게 아주머니의 잔돈에서 싱그러운 바다 냄새도 맡을 수 있다. 값싸고 싱싱한 물건을 고르고 흥정하면서 사람을 느낀다. 가게를 운영하는 상인에게는 다소 피해가 가겠지만, 이런 시장은 점차 늘어날 것이다. 헌 물건이나 집안에서 필요 없는 물건을 파는 벼룩시장을 개설하거나 문화 공연도 곁들인다면 매 주마다 열리는 수요장은 제대로 된 광장으로 다시 태어날 것이다. 최근 막대한 유통 마진을 챙기는 대기업을 배제한 착한 공정 무역이 등장했다. 저개발 국가의 농민이 직접 생산한 커피나 목화나 면으로 만든 제품을 직거래하는 운동이다. 이런 운동이 먹물이 화선지에 번지듯 우리네 삶 속으로 스며들고 있다. 농산물 직거래는 단순한 상품 교환의 의미를 넘어선다. 그 안에 담긴 문화와 생명과 인간의 가치를 내포한 대안적 운동으로 확산되고 있다. 나는 장터에서 희망을 찾고 싶다. 지금 장터는 새롭게 탈바꿈 중이다. 장터의 변신은 무죄다.

노점상, 그러나

　내가 살고 있는 동네에는 IMF 때 생겨난 노점상 거리가 있다. 200미터 남짓한 거리에는 요일마다 약속된 노점상들이 전을 펼친다. 몇 가지 야채를 펼쳐놓고 있는 할머니들과 제법 규모가 큰 과일노점이 세 곳, 떡볶이 같은 먹을거리를 파는 포장마차 두 개 등 작은 시장 거리가 형성되어 있다. 특히 떡볶이와 어묵을 파는 포장마차는 멀리서 단골이 찾아올 만큼 유명하다. 오래 장사를 한 노점상과는 이웃처럼 친해진 사람도 있다. 늘 오던 사람이 보이지 않으면 소식이 궁금하기도 하다. 터널처럼 우거진 느티나무 가로수 아래 펼쳐진 노점상은 우리 동네의 독특한 풍물로 자리 잡았다.

　서울 인사동에는 오래전에 소문난 포장마차가 하나 있었다.

마차의 주변에 볏단을 가져다 놓고 청사초롱을 내걸었다. 포장마차의 벽면에는 김홍도나 신윤복의 그림을 스크린 인쇄하여 걸어놓았다. 마차 안에서 불을 밝히면 그럴듯한 한 폭의 산수화나 풍속화가 거리에 연출되었다. 이곳을 찾는 외국인들 특히 일본인들에게 크게 인기를 끌어 한국의 관광 명소로 가이드북이나 관광책자에 소개되기도 하였다. 하지만, 종로구청에서는 인사동의 거리 미관을 해친다는 이유로 철거 단속을 내려 지금은 사라졌다. 인사동의 터줏대감으로 잘 알려진 엿장수 이영석 씨는 명물이 된 지 오래다. 본인이 직접 거리에서 큰 솥에다 엿과 강정을 구워서 팔고 있다. 젊어서 창이나 민요를 배운 적이 있어서 손님이 몰리거나 원할 때는 직접 한 곡조 부르기도 한다.

우리나라에서 노점상은 불법이다. 그 이유를 들자면 국가의 땅을 허가받지 않은 채 점용하고 있으며 더욱이 세금도 안내기 때문이다. 경산 시내 중앙로와 시장의 노점상 문제가 난항을 겪고 있다. 중앙로의 불법 주차 단속을 위해 설치된 CCTV가 손님을 내쫓는다며 상인들이 반발하고, 내년 도민체전을 앞두고 거리 정비를 추진하는 시와 노점상들이 대치하며 해결의 실마리를 찾지 못하고 있는 상황이다. 경산시와 경산시장 상인연합회가 큰돈을 들여 경산시장 정비 사업을 추진했다. 시장 거리를 깨끗하게 한다며 노점상들을 없애자 손님의 발길이 점점 뜸해지더니

104

급기야 문을 닫는 가게가 생겨났다. 가게들은 말끔하게 새 단장을 했지만, 손님의 발길은 이미 다른 곳으로 옮겨가고 말았다.

편리한 대형 마트를 두고 굳이 시장을 찾는 사람은 나름대로 이유가 있다. 사람으로 흥청거리는 시장거리에 가면 삶의 생기를 느낀다. 밭에서 갓 뽑아온 싱싱한 채소들을 파는 노점상 할머니의 주름진 손에서 고향의 정을 느낄 수도 있다. 그리고 푸짐하게 덤으로 얹어주는 인정과 삶의 고난과 맞서 당당하게 살아가는 서민의 외침도 들을 수 있다. 나와 절친한 친구는 죽고 싶었을 만큼 어려웠던 시절, 추운 겨울저녁에 마지막 떨이를 외치는 시장 노점상의 모습에서 살아갈 이유를 다시 찾았다고 말한다. 이러한 활력이 어디서 나오는가? 바로 삶의 현장에서 치열하게 살아가는 노점상들이 함께 있기 때문이다.

물론 꼬박 세금을 내는 점포를 소유한 상인이나 매달 적잖은 세를 주고 장사를 하는 가게 주인은 할 말이 많으리라 본다. 그러나 노점상이 없는 시장에 과연 시민들이 찾아올까? 깨끗하고 정돈된 가게에서 좋은 물건을 사거나, 질 높은 서비스를 원하는 소비자라면 시장을 찾을 리가 없다. 백화점이나 대형 마트에 가면 된다. 공존의 길이 어디엔가 있을 것이다. 시장 거리를 되살리려면 서로 조금씩 양보하며 상생의 길을 찾아야 한다. 또한 시(市) 당국도 무조건 법을 내세워 단속만 할 것이 아니라 양자가 공존할 수 있는 해법을 찾도록 적극적으로 나서야 한다. 보행자 불편, 위생 문제 등을 해결하고, 노점상들도 일정 금액의 점용료를 내고 장사하게 한다면 이런 갈등은 원만히 타결될 것이다.

　동남아를 한 번쯤 여행해 본 사람은 안다. 여행자의 천국인 태국의 카오산이나 차이나타운 거리에 노점상이 없다는 것을 상상해 보라. 아마도 여행자의 호기심과 도시의 매력은 줄어들 것이다. 중국 상해에도 유명한 미식거리 운남로가 있다. 나날이 번창하는 음식점이 많은데, 밤에는 노점상이 거리를 채우고 밤새 먹을거리를 팔면서 명실상부한 상해 최고의 미식거리가 되고 있다. 경산시도 노점상 시범 거리를 만들어보자. 도시 경쟁력과 이미지 등을 고려해 표준 디자인을 만들고 독특한 멋이 있는 거리로 만들면 시민과 관광객이 즐겨 찾는 명소가 될 수도 있을 것이다.

그래도 강물은 흘러간다

오목천 강둑을 걷는다. 강물이 낮은 자세로 가만히 흘러 간다. 봄날에 강바닥에 뿌리를 박고 살아가는 물버드나무의 색 상은 전율이다. 날마다 조금씩 짙어가는 연두의 향연 앞에 봄은 눈부시다. 풀도 소복하게 자라면서 연초록의 동산을 이룰 것이 다. 노란 미나리아제비도 하늘거리는 몸짓으로 봄맞이를 한다. 무채색으로 침묵하던 강이 화려한 색으로 치장을 하며 수런거린 다. 겨우내 얼음 밑에서 숨죽이며 살았던 물고기도 힘찬 자맥질 을 하며 봄을 유영하리라. 긴 강둑에는 노란 꽃다지가 무리지어 손을 흔든다. 곧 머잖아 꼬장꼬장한 대추나무에도 새잎이 돋아 날 것이다. 평화롭다. 강 주변을 지나가는 거대한 시멘트 교각이 풍경을 가로지르지만, 강은 자연의 순리대로 봄을 맞고 있다.

고대사회 시절부터 강은 생명의 근원이었다. 강변에서 빗살무늬토기를 걸어놓고 작살로 잡은 물고기를 끓여먹고, 조개를 잡던 한반도의 조상들. 벼농사에 물은 절대적 조건이었다. 강물이 흐르는 들판은 풍요로웠다. 홍수가 지면 노한 흙탕물이 한바탕 들을 휘젓고 지나갔지만, 물이 빠진 자리에는 기름진 흙을 남겨주었다. 강물이 적셔준 논밭에서 생산한 농작물은 생명이고 하늘이었다. 여름날 동네 청년들이 낚싯대나 그물망으로 천렵을 하며 청춘을 휘파람에 날려 보내던 강. 아이들에게는 또 얼마나 신나는 놀이터였던가. 따가운 여름 햇살 아래 동무들과 멱을 감으며 키재기를 하던 정겨운 강변의 시절이 있었다. 강 이편과 저편을 이어주던 까만 징검다리의 시대를 건너며 소년은 어른으로 성장했다.

근대에 진입하면서 강은 시련을 겪는다. 인간이 만든 과학 기술이나 합리주의가 삶의 모든 문제를 해결해주리라 믿었던 시대, 강은 처참하게 파괴되어 갔다. 산업사회에서 강물은 공장을 돌리는 데 필요한 물을 대는 동시에, 공장 하수구에서 토해내는 시커먼 폐수도 말없이 받아주었다. 도시의 하수구에서 나오는 허연 거품과 악취가 진동하던 강을 기억하는가. 고기가 허연 배를 뒤집으며 물위로 떠올랐고, 조개는 껍데기만 남기고 죽어갔다. 급기야 썩은 물을 마신 인간도 병들어 갔다. 댐을 만들고, 시멘트로 벽을 만들었다. 심지어 강바닥까지 시멘트로 발라버린 곳도 있었다. 자정 능력을 상실한 강은 순환의 기능을 잃어버렸다. 가을이면 갈바람에 갈대숲이 수런거리고, 물새들이 하얀 날개를 펼치며 군무를 추던 풍경을 더 이상 볼 수 없었다.

안심교 근처 안심습지에도 봄이 왔다. 강을 대부분 차지한 물버드나무는 연두의 숲을 연출한다. 날마다 달라지는 봄날의 강은 강렬한 생명의 기운을 느끼게 한다. 강은 제 자리를 아낌없이 나무에게 내주었나 보다. 그 강물과 숲에는 수달과 고라니 같은 천연기념물도 산다. 생이가래를 비롯한 198종의 식물, 물닭 외 44종의 새, 버들치 등 수많은 생명체가 강을 터전삼아 살고 있다. 그렇다. 우리 인간도 오랜 세월 강에 기대어 살아오지 않았던가. 누군가는 어린 시절 동무들과 멱을 감던 추억의 강으로, 목마른 농부에게는 너른 들을 적셔주던 고마운 물길로 각자의 기억 속에 존재하는 강. 영천쯤에서, 오목천에서 흘러온 물은 금호강이란 이름으로 합수하여 낙동강으로 흘러간다. 강물은 자신의 모습을 고집하지 않는다. 다른 강물과 만나는 순간 그들은 금세 화합한다. 이 얼마나 아름다운 연대인가.

강이 신음하고 있다. 강을 정비한다며 강바닥을 파헤치는 대역사가 진행되는 중이다. 국민들은 그저 어리둥절하다. 가만히 있던 강을 왜 개발해야 하는지 이유를 잘 알지 못한다. 또 하나의 새만금이 만들어지는 것은 아닌지 그저 걱정스럽다. 다만, 우주의 질서 안에서 강과 땅과 인간은 유기체로 연결되어 있다는 사실쯤은 오래전부터 알고 있다. 강이 상처 입으면 언젠가 인간에게까지 그 화가 미치리라는 것쯤은 누구나 인식하는 사실이다. 건강한 생태계는 자연의 질서를 존중했을 때 유지된다. 4대강 개발이 가져올 경제적 효과, 일자리 창출, 홍수 예방, 수질 개선 다 좋다. 그 개발 과정에서 삶의 터전을 잃게 될 농민들이나 생태계 파괴에서 초래할 눈에 안 보이는 손실에 대하여도 충분한 설명과 대안이 있어야 하지 않겠는가. 자본의 욕망이 강을 유린하지만, 그래도 강물은 유장하게 흘러갈 것이다.

3

흑의민족

작은 숲 이야기

흑의민족

일상의 완충지대

종가를 지키는 사람들

올레길을 걸으며

사진 속의 나

미래를 여는 열쇠

대학문화가 없다

문화 아이콘, 핸드폰

대학축제 유감

작은 숲 이야기

　낙엽이 진다. 부엌 창으로 보이는 숲에도 가을이 깊다. 상
록수와 낙엽수가 적당히 어우러진 작은 숲은 첼로의 저음 같은
깊은 울림을 자아올린다. 자연의 순리가 빚어낸 빛깔은 은은하
고도 고혹적이다. 성긴 나뭇잎 사이로 보이는 어둑한 공간이 착
각을 불러일으킨다. 저 나무 너머로 광활한 숲이 펼쳐질 것 같
다. 자동차 위에도 낙엽이 내려앉는다. 현대 문명의 상징인 자동
차도 이 풍경 속에서만은 정물처럼 잘 어울린다. 나무에서 떨어
지는 잎의 낙하가 한량없이 가볍다. 나무는 알고 있다. 버려야
산다는 것을. 감미로운 색상의 노란 은행잎은 나비 같은 춤사위
로 마지막 제의를 치른다.
　아파트 단지 사이에 작은 숲이 있다. 다른 아파트 단지와 구분

하기 위한 경계이다. 실은 그 작은 숲 사이에 철제 담장이 설치되어 있는데, 나무에 가려 보이지 않을 뿐이다. 철제 담장을 기점으로 양쪽에 나무를 심었다. 나무가 자라 작은 숲을 이루자, 온갖 생명체가 자리 잡기 시작했다. 숲에 깃들어 사는 새들의 지저귐 소리에 새벽잠이 깨기도 한다. 여름날, 숲에서 나오는 서늘하고도 청량한 바람은 상쾌하기 그지없다. 작은 숲에도 사계절이 오고 간다. 밝은 자갈색의 가을 숲은 견고한 철제 담장의 존재를 다 덮고도 남는다. 숲이 없었더라면 가을의 빈자리를 무엇으로 위안 받겠는가.

영양 주실 마을에는 마을 숲이 있다. 마을 숲은 옛사람의 풍수적 상상력이 낳은 문화적 산물이다. 마을의 지형적인 약점을 보완하려고 조성한 인위적인 장치가 마을 숲이다. 세찬 바람의 기운을 막거나 외부의 시선으로부터 마을을 적당히 가리기 위해 나무를 심은 것이다. 마을 숲은 숭배의 대상이기도 했다. 나무와 숲에도 인격을 부여한 겸손을 엿볼 수 있는 대목이다. 숲은 곧 마을의 수호신이다. 그러기에 소중히 가꾸고 보호했다. 나무한테 공동체의 안녕을 빌기도 했다. 마을 숲은 자연을 제압하지 않고 더불어 조화롭게 살아가려 했던 선조의 세계관이 잘 구현된 장소다.

탈 영토의 시대다. 한국인의 땅에 대한 소유욕은 유별나다. 소유에 대한 집착과 욕망이 나와 타자 사이에 높은 벽을 쌓게 한 것이다. 벽이란 타자에 대한 배타적 경계다. 높다란 담장은 타인의 접근 금지를 표시한다. 관공서나 학교의 담장 허물기는 의미 있는 일이다. 너와 내가 소통하는 길을 튼 것이다. 유럽의 유서 깊은 도시는 숲이 많다. 오래된 집 사이에 자리한 짙푸른 녹색지대는 그 자체만으로도 훌륭한 문화유산이다. 숲은 공존을 지향한다. 굳이 경계의 표식이 필요하다면 낮은 울타리 정도로 충분하지 않은가. 녹색 공간이 주는 중립의 편안함은 모든 경계를 뛰어넘게 만든다.

우리 아파트 작은 숲에 가을비가 촉촉이 내린다.

흑의민족

지인의 문학상 시상식에 축하객으로 참석했다. 행사가 시작되었다. 앞 쪽 연단에는 축하 꽃다발이 즐비하다. 장소가 호텔인지라 예의상 정장 차림을 했다. 이런 자리에 초대를 받게 되면 옷차림에 꽤 신경이 쓰인다. 옷장을 열어 몇 번이고 훑어본다. 맘에 드는 옷이 없다. 옷장이 비좁도록 옷이 걸려 있건만, 입고 나갈만한 옷은 드물다. 고민을 하다가 검은색 치마에 선홍색 상의를 입기로 결정했다.

호기심 어린 눈으로 행사에 참석한 사람들을 둘러본다. 독특한 모자를 쓴 중년의 여성, 초미니 스커트로 한껏 멋을 브린 젊은 여성, 베레모를 쓴 원로 둔인 등 제각각 개성 넘치는 차림이다. 그런데 식장이 온통 검은색 물결이다. 그 자리는 장례식이 아닌데도 말이다. 많은 사람이 검은색의 옷차림을 하고 있다. 검은 색상이 아닌 옷을 입은 사람은 어림잡아 대여섯도 되지 않는다. 다른 색상의 옷을 입은 사람은 나이가 지긋한 여성들이다. 백발의 할머니 한 분이 화사한 빨간색의 옷을 입고 앉아 있다. 내 눈길이 오래 그 할머니에게 머문다.

옷이 지닌 사회문화적 의미는 다층적이다. 음식 문화만큼이나 오랜 역사를 지닌 패션은 문화적 아이콘으로 작동한다. 푸른색의 얼룩무늬 군복이나 학생의 교복은 집단의 동일성을 지향하는 징표이다. 이처럼 옷은 신체를 가린다는 기능적 측면을 뛰어넘어 다양한 사회문화적인 의미를 내포하고 있다. 거리를 활보하는 젊은이들은 자기만의 스타일로 한껏 개성을 발휘한다. 또 옷을 뒤집어 입고 나온 '서태지와 아이들'의 반란은 큰 파장을 일으키며 충격을 주었다. 이 시대 패션은 하나의 문화 트렌드에서 더 나아가 자기를 표현하고 존재를 증명하는 사회적 발언으로 격상했다.

검은색은 겨울옷의 대명사다. 검은색의 옷은 날씬하게 보이게 하는 효과도 있고, 세련미를 풍긴다고 한다. 남이 다 입으니까 무난한 검은색을 따라 입게 된다. 한편으로는 검정이 아닌 다른 색상은 어쩐지 유행에 뒤지는 듯한 느낌을 떨칠 수 없다. 튀는 색상은 타인의 시선을 끌게 되니 부담스럽기도 하다. 한 마디로

몰개성이다. 창의성과 다양성이 생명인 시대에 남과 다른 개성
은 오히려 매력이 될 수 있는 데도 말이다.

옷을 잘 입는 사람이 부럽다. 자신의 개성을 살려 독특한 이미
지를 연출하는 여성은 매력적이다. 경기가 안 좋으면 여성의 치
마가 짧아지고 붉은 립스틱이 잘 팔린다고 한다. 현실이 힘들수
록 우울함에서 벗어나고자 하는 심리가 작동하는 탓이리라. 이
번 겨울은 이런 법칙도 통하지 않는가보다. 검은 옷 속으로 자신
을 숨기고 싶은지도 모른다. 아니면 희망 없는 현실에서 죽음의
그림자를 껴안고 살아가는 사회적 병리현상인가. 올겨울, 대한
민국은 백의민족이 아닌 흑의민족으로 살고 있다.

일상의 완충지대

퇴근길이다. 서쪽 하늘에 한 폭의 그림이 펼쳐진다. 저녁노을이다. 도심의 스카이라인 위로 선홍색의 노을이 깔려 있다. 도시의 불빛이 하나 둘 켜지는 시각, 하늘에도 홍등이 내걸린다. 지상과 천상의 비무장지대에 붉은 노을이 화려하다. 늦가을의 노을은 핏빛이다. 대구에서 영천으로 이어지는 국도는 옆구리에 금호강을 끼고 달린다. 시인 박재삼은 "해 질 녘 울음이 타는 가을 강"을 보고 사랑의 비극과 생의 허무를 노래했다. 은빛 갈대가 우거진 강에 저녁노을이 깔리면 울음이 타는 가을 강이 된다. 어린 시절, 동네의 나지막한 동산 위로 노을이 지면 표현할 수 없는 묘한 슬픔이 밀려와 집으로 곧장 내달리곤 했다.

날이 더워지면 고분군으로 저녁 마실을 가곤 했었다. 영남대학교 맞은 편 언덕배기는 원삼국시대 압독국의 무덤군이다. 완만한 둔덕 잔디에 앉아 저녁노을을 바라보며 소박한 밥상을 차렸다. 그 자리는 사방이 탁 트인 공간이다. 팔공산과 경산의 성암산이 한눈에 들어온다. 노을이 가장 잘 보이는 곳이 임당고분군 자리다. 초가을에 구름이라도 엷게 깔리는 날이면 구름과 노을이 기막힌 풍경을 연출한다. 노을은 계절과 날씨에 따라 다르다. 영웅호걸의 죽음처럼 장엄할 때도 있지만, 가인의 추파처럼 요염한 적도 있다. 고분에 기대어 노을을 바라보노라면 까닭 없이 서럽기도 하고, 생이 연민스럽기도 했다.

바다의 노을은 장려하다. 여름 바다의 숨 가쁜 파도의 몸놀림이 가라앉으면 수평선에 노을이 깔린다. 어느 순간, 바다도 붉게 물이 든다. 붉은 불기운을 내뿜으며 거대한 태양이 바다 너머로 지는 모습은 장엄하다 못해 괴기스럽다는 느낌이 든다. 바다로 빠지는 붉은 괴물의 형상 같다. 한낮의 태양은 치열한 대립이지만, 지는 노을은 순응이다. 조금씩 바다로 몸을 숨기는 태양을 보노라면 자연의 위대함과 인간의 나약함을 동시에 깨닫는다. 고대인은 태양신을 숭배했다. 바위나 동굴의 벽에 태양의 모양을 그려 영원한 생명을 기원했다고 한다. 유한한 생을 사는 인간 앞에 날마다 떠오르는 태양은 얼마나 위대해 보였겠는가.

공기가 오염되면서 노을 보기가 쉽지 않다. 하늘을 가린 고층 아파트와 빌딩은 떠오르는 해를 보러 동해로, 지는 해를 보러 서해로 달려가게 한다. 일상의 완충지대가 사라져버린 것이다. 낮과 밤이 오가는 경계 지점에서 하루를 혹은 나를 돌아보는 여유가 없어졌다. 가끔, 우연히 만나는 노을을 보면서 욕심을 부려본다. 지는 노을처럼 생을 아름답게 마감하고 싶다고. 지나친 과욕인가. 곱게 나이 들고 싶다는 것은 많은 사람의 소망이다. 자식에게 짐스런 존재로 남아 생을 연명하는 노인을 보노라면, 안쓰러움을 넘어 두려움을 느낀다. 나도 언젠가 저렇게 늙어 가리니. 지상의 모든 생명체는 언젠가 사라진다는 자명한 진리 앞에 인간의 욕망은 얼마나 부질없는가.

가을 노을처럼 고운 할머니가 되고 싶다.

종가를 지키는 사람들

돌담이 정겹다. 초겨울 산골 마을은 고즈넉하다. 처마가 날렵한 기와집이 여러 채 남은 것으로 보아 한때 명문세도가의 위세를 떨친 마을이었던 것 같다. 고택은 세월에 무심한 듯 자리를 지키고 있다. 솟을대문을 들어서자 사랑채가 손님을 반긴다. 돌계단을 대여섯 단 올라 누마루에 올라서니 사방이 한눈에 들어온다. 눈맛이 시원하다. 합천의 묵와고가다. 선조 때 선전관을 지낸 윤사정 공이 지은 집으로, 독립운동가 윤종수의 고택이다. 지형에 맞추어 지은 집은 호방하고 장쾌하다. 사랑채 마당의 연륜 깊은 회나무도 이 집과 함께 세월을 건너왔으리. 싱그러웠던 목재의 육질은 세월에 바래지고 섬유질의 뼈대만 남았으나, 지붕을 떠받치는 그 모습이 여전히 옹골차다.

고택은 말끔하게 수리된 듯하다. 집을 지키는 부부의 정성으로 온기가 흐른다. 반들반들한 마루가 안주인의 부지런한 손길을 느끼게 해준다. 종가의 운명은 봉건체제의 몰락과 함께 기울어 갔다. 종손마저 대처로 떠난 종가가 허다하건만, 이 집은 다행스럽게 후손의 보살핌을 받으며 건재하다. 종가 사람들이 우직스럽게 지켜온 무형의 정신이 의미 있게 다가온다. 자신의 존재보다 오로지 봉제사와 접빈으로 일생을 살아온 종가 사람들. 종가가 명맥을 유지해 올 수 있었던 힘은 무엇인가. 종부란 이름으로 평생을 살아온 여인들의 노동과 희생의 덕택이 아닐까.

안채 대청마루에 앉는다. 안주인이 직접 만든 국화차를 내놓는다. 윗대 종손이 세상을 떠난 후 퇴락하는 종가를 지키기 위해 귀향한 차손이 관청을 찾아다니며 3년여에 걸쳐 복원 수리를 했다고 한다. 안주인의 카랑카랑한 목소리에 강단 있는 성품이 엿보인다. 종가를 지키는 종부로서의 자부심이 대단하다. 안채의 후원에는 정성스레 갈무리한 산국차가 대소쿠리에 담겨 엷은 햇살에 마르고 있다. 차를 말려 '묵와고가' 상표를 붙여 방문객에게 선물할 예정이란다. 500년이 넘었다는 후원의 모과나무도 이 집의 역사를 증언하듯 당당하게 서 있다.

물질이 정신을 압도하는 시대다. 종가가 지켜온 정신의 무게가 묵직하게 다가온다. 설사 명분에 묻혀 실리를 놓치더라도, 종가의 정신은 인간 윤리의 임계점이 아닐까. 진정 종가가 지키고자 했던 것은 관념을 뛰어넘는 실천적 윤리였음을 기억하자. 세월을 거슬러가며 종가를 지키는 종부의 모습은 자못 숭엄하기까지 하다. 자긍심과 사명감으로 전통의 맥을 이어가는 종부에게는 함부로 범접할 수 없는 기품이 있다. 낡고 오래되었지만, 지켜야 할 가치가 있다면 누군가가 그 맥을 이어가야 하지 않겠는가. 묵와 종가의 안주인은 대문 밖까지 나와 우리를 배웅했다. 종가의 기와지붕에 산 그림자가 내려오고 있었다.

올레길을 걸으며

　가을이 깊었다. 제주 올레길에도 가을이 그득하다. 낮은 처마를 맞대고 앉은 작은 마을 사이로 들꽃이 무리지어 손을 흔드는 작은 길이 이어진다. 오름의 억새가 바람결에 춤을 춘다. 검은 빛깔의 용암과 푸른 바다가 있는 올레길에 사람이 몰려든다. 걷기 위해서다. 그냥 걷는다. 조급함이나 긴장감이 보이지 않는다. 천천히 걸으며 바다에도 눈길을 준다. 바다의 원시성이 생에 대한 강렬한 욕구를 일깨운다. 석양의 바닷가에 선다. 저무는 해가 처연하게 아름답다. 마을 구멍가게에 들어가 어묵을 사 먹으며 할머니와 사는 이야기도 나눈다. 하루에 대여섯 시간을 걸으며 살아온 길을 되돌아본다. 무에 그리 바쁘게 살았던가. 제주 올레길에는 사람과 들꽃과 바다가 함께한다.

지리산 둘레길의 출발점인 매동마을. 민박집은 이쁜이네, 고사리할머니, 호두나무집 등의 예쁜 이름으로 문패를 달았다. 감나무에 매달린 홍시 몇 개가 파란 하늘과 대비되며 선명하다. 논배미는 기막힌 색채와 조형미의 설치 미술품이다. 된장찌개와 깻잎장아찌, 무생채로 밥상을 차려준다. 밥맛이 달다. 매동마을의 밤하늘엔 별이 반짝인다. 허리가 꼬부라진 할머니가 숨 가쁘게 달려와 손에 쥐어주는 고구마 한 봉지. 정직한 노동, 깜깜한 밤, 느릿한 시간을 맛본다. 도시인들은 매동마을의 자연과 인심을 가득 안고 돌아간다.

인간은 원래 이족 직립보행의 종족이다. 문화인류학자에 따르면 처음에는 짐승처럼 두 손과 발로 기어 다니다가 점점 직립보행으로 진화했다고 한다. 문명의 발달은 걷기의 수고로움을 덜어주었다. 자동차가 등장한 이후, 두 발로 걷는 것은 낭비라고 여기게 되었다. 길은 차가 점령했다. 풍경도 잃어버렸다. 하늘과 바람과 나무와 풀이 있던 길을 외면하고 점점 빠른 길만 찾아갔다. 그 길과 함께하는 온갖 생명체의 존재도 망각했다. 급기야 찻길에서 인간의 목숨이 위협당하는 비극을 가져오기에 이르렀다. 사람들이 다시 자유의 길을 찾아 나섰다. 향기로운 흙냄새와 풀냄새를 맡으며 자연 속으로 걸어가는 걷기가 유행이다.

길은 여러 갈래다. 그동안 우리는 고속도로만 달려왔다. 효율성과 경제성을 따지며 모두가 한 길만을 바라보고 살았다. 속도만을 앞세운 그 길에는 나무도 마을도 들꽃도 보이지 않았다. 더넓은 아파트와 더 큰 차를 욕망하면서 살다 보니 다른 길이 있다는 것을 생각할 겨를이 없었다. 근대의 합리성과 자본의 풍요가많은 길을 봉쇄해 버렸다. 어느 날, 이 길만이 있었던 게 아니라는 생각이 든 것이다. 사람들이 다른 길을 찾아 떠나기 시작했다. 그 길은 구불구불하다. 똑같은 길은 없다. 좁다란 길마다 산국이 피어나고, 메뚜기도 날아다닌다. 작고 소박한 길, 우리가열어볼 만한 또 다른 길이 아니겠는가.

사진 속의 나

곤혹스럽다. 사진 속 얼굴이 낯설다. 사진 속 중년 여인의 모습을 고개 돌려 외면하고 싶다. 사진관에서 사진을 찍었다. 사진사의 연출 지시에 따라 갖은 포즈를 취한다. 어색하다. 카메라 셔터 소리가 날 때마다 얼굴 근육이 굳어지는 걸 느낀다. 촬영이 끝나자 곧장 컴퓨터 화면을 보여준다. 다양한 표정의 내 모습이 화면에 뜬다. 고집스럽게 다문 입은 보기 싫다. 눈꺼풀은 언제 저렇게 처졌단 말인가. 눈가의 주름이 선명한 선으로 드러난다. 사진사는 그 중에 맘에 드는 사진을 고르란다. 하나도 맘에 드는 것이 없다. 지울 수만 있다면 화면 속의 내 얼굴을 다 지워버리고 싶다. 어찌할 수 없는 세월의 흔적이 그대로 새겨진 얼굴이다.

흑백사진을 가지런히 정리한 가족 사진첩은 우리 집의 역사다. 내가 기억하지 못하는 나의 성장사도 고스란히 증언하고 있다. 사진 모퉁이가 삭아서 누렇다. 사진 속 젊은 아버지는 이승을 떠나신 지 20여 년이 다 되어간다. 세월이 무상하다. 시간 저편에 남은 기억의 조각들이 퍼즐 맞추기를 하듯 하나 둘 희미하게 떠오른다. 아득하다. 가슴이 아려온다. 그것은 마치 가뭇없이 하늘로 사라져간 방패연을 잡으려는 손짓처럼 애절하다. 최초의 내 사진은 동생의 돌 때 옆에 서서 찍은 것이다. 하얀 한복을 입고 동생을 안은 젊은 어머니의 모습이 외려 낯설다. 앞머리를 가지런히 정리한 단발머리의 여자 아이가 나를 빤히 바라본다.

사진작가 최민식의 인물 사진은 정직하다. 젊은 시절부터 독학으로 사진을 공부한 그는 줄기차게 인간을 소재로 사진을 찍었다. 주름투성이의 노인, 해맑은 얼굴의 어린이, 뼈만 남은 어린이를 안고 있는 마더 테레사의 모습 등 그의 사진 속에는 수많은 사람의 표정과 생각이 담겨 있다. "나의 사진 속에는 언어로 표현할 수 없는 많은 것들이 담겨 있으며, 말로 나타낼 수 없는 그 무엇이 숨 쉬고 있다."라는 그의 말처럼 최민식의 사진에는 존재의 절규가 느껴진다. 그가 담아낸 얼굴에서 삶의 진실을 엿볼 수 있다. 그는 또한 사진을 통해 사람을 읽는다고 말한다. 한 인간의 얼굴 사진을 자세히 들여다보면 유전자 정보를 해독하듯 그가 살아온 이력을 짐작할 수 있다. 그것이 바로 사진의 매력이자 정직성이다.

언제부터인가 사진 찍는 것이 싫어졌다. 나를 정면으로 마주하는 행위가 부담스러워진 것이리라. 어쩔 수 없이 단체사진을 찍어야 할 경우에도 표정 관리가 힘든다. 내 얼굴에 눈길이 머무는 순간 눈을 감고 싶다. 감출 수 없는 나이와 성격까지 사진에는 그대로 드러난다. 카메라는 피사체가 지닌 무의식의 세계까지 포착하는 놀라운 기계다. 인간의 눈이 지닌 선입견과 관습을 철저히 배제한다. 사진 속 내 얼굴에는 내가 살아온 길이 새겨져 있다. 피할 수 없는 진실이다. 사진은 나를 비추는 정직한 거울이기에 내 얼굴은 내가 책임지고 가야 할 과제다. 스스로의 참모습을 알고 싶은 사람은 일 년에 한 번씩 사진을 찍어보는 것도 괜찮을 것 같다.

미래를 여는 열쇠

강연 차 서울에서 온 손님 한 분을 대접한 적이 있다. 일 정을 끝내고 식사를 할 식당을 찾아 나섰다. 그는 경산을 대표하는 음식을 먹고 싶다고 했다. 인접해 있는 청도라 하면 '추어탕'이 얼른 떠오르는데, 경산은 마땅한 음식이 생각나지 않았다. 자인의 '염소탕'이 스쳐갔으나 맛이나 이미지로 봐서 적절하지 못한 것 같았다. 하는 수 없이 경산 시내의 한 음식점에서 한정식을 대접했다. 식사 후 시간이 남아 경산을 상징하는 관광지를 안내하고 싶었으나 그것도 음식만큼이나 난감했다.

작년 11월 14일 스웨덴의 작은 마을 빔메르미에서는 한 동화작가를 기리는 추모 행사가 열렸다. 5세 어린이에서 80세 노인까지 여러 나라에서 찾아온 1,000여 명의 아이들이 모인 시청 앞 광장은 발 디딜 틈이 없을 정도로 북적였다고 한다. 스키복을 입은 아이들은 한 손에 삐삐소다수를 들고, 린드그렌의 생가와 동화 속 배경을 재현해놓은 테마파크로 가서 '삐삐롱스타킹' 연극을 관람했다. 바로 전 세계 어른들과 어린이들을 즐거운 상상의 세계로 이끌었던 동화작가 아스트리드 린드그렌의 탄생 100주년 축제가 열리는 현장의 풍경이었다. 그 행사는 현지 관광청에서 주관했었다.

겉으로 보면 대한민국은 축제의 나라다. 봄과 가을이 되면 전국의 지자체가 마련한 온갖 측제들이 넘쳐난다. 함평의 나비축제, 청도의 소싸움축제, 예천의 곤충축제 등 각 지방의 특성을 앞세운 축제들이 이루 헤아릴 수 없을 정도다. 그러나 그런 축제 행사장에 가보면 실망하고 돌아서는 경우가 대부분이다. 바가지 요금을 씌우는 상인들, 무질서한 현장, 대중가수들이 나오는 노래자랑 같은 비슷한 내용들로 채워지기 일쑤기 때문이다. 그러다 보니 관변 단체를 동원한 입장권 강매와 학생들을 관람객으로 유치하기 위한 비교육적인 행태가 끊이지 않는다. 자발적으로 찾아오는 관광객보다는 우리 동네 사람들끼리 먹고 노는 행사로 전락하고 만다.

멸치의 고장 경상남도 통영이 문화도시로 거듭난다. 남해안 한려수도를 품고 있는 통영은 인구 13만의 소도시에 불과하다.

이 작은 도시에 지난해 464만 명의 관광객이 다녀갔다고 한다. 이 중 대다수의 사람들이 수산물 구입보다는 음악·문학·미술이 어우러진 문화를 즐기기 위해 찾았다. 문화가 통영을 바꾸어 놓고 있다. 요즘 같은 봄에는 '통영국제음악제'가 열린다. 올해는 통영 출신의 작곡가 윤이상 선생의 실내교향곡 '자유'를 주제로 열리는데, 영국 BBC 필하모닉 오케스트라가 개막 연주를 한다. 입장권은 지난 설 무렵 매진됐다고 한다. 통영에는 '청마 문학관'과 '전혁림 미술관', '이순신 공원'이 있다. 앞으로 '박경리 기념관'과 '윤이상 기념관'도 건립할 예정이다.

온 나라가 실용주의로 떠들썩하다. 기업 유치와 아파트 건설, 영어교육 같은 것만이 돈이 되는 것은 아니다. 문화도 돈이 된다. 21세기에는 문화가 지역의 경쟁력이자 경제력이다. '자인단오제'와 '삼성현'을 제대로 된 문화 상품으로 개발하기 위해 특색 있는 문화콘텐츠 개발을 서둘러야 할 것이다. 먹고 마시는 마을 잔치 수준에서 한걸음 더 나아가 관광객들이 찾아와 같이 참여하고 즐기는 문화축제를 만들어야 한다. 또 경산과 인연이 닿은 문학가나 예술가들의 발자취를 발굴하고, 문화도시로서 이미지를 가꾸어나갈 일이다. 문화가 경산의 미래를 여는 또 하나의 열쇠이다.

대학문화가 없다

텔레비전을 켠다

화면에는 여러 명의 소녀들이 원색의 바지를 입고 나와 음악에 맞춰 춤을 춘다. 노래를 부르긴 하는데 가사의 의미보다는 반복되는 리듬이 흥겹다. 가사의 의미보다는 리듬감을 강조하는 이른바 후크송이다. 상큼, 발랄, 깜찍하다. 그녀들이 나와 춤을 추고 노래를 부르면 제법 나이를 먹은 남자들까지 감탄사를 내뱉는다. 여성들의 눈치를 보기는 하지간 귀여워 죽겠다는 표정이다. 그들이 입은 알록달록한 진바지는 올봄 최대 히트 상품이다. 멤버 중 몇 명은 연예 프로나 드라마, 라디오 진행 등 다른 분야로까지 진출하여 뜨고 있다. 소녀들이 입는 옷, 화장품, 머리 스타일, 심지어 특이한 말투나 몸짓은 초등학생부터 나이와 계층을 불문하고 유행을 한다. 그야말로 국민 여동생 혹은 국민 누나로 칭할 만치 영향력은 대단하다. 9명의 소녀들은 합숙을 하며 외국어도 익혀 해외로까지 진출할 계획이란다. 국위를 선양하는 애국상품이며, 문화대사다.

요즘은 뭐든지 떼를 지어 등장한다

싱글 가수보다 그룹을 지어 활동을 한다. 길거리 캐스팅이나 오디션을 거쳐 선발된 그들은 합숙훈련에 들어간다. 주로 10대 후반이나 20대 초반의 아이들이다. 음반으로 뜨면 각종 연예 프로에 진출한다. 책까지 낸다. 물론 그들이 직접 쓰지는 않지만, 일종의 또 다른 성공 신화를 만든 주인공으로서 서점가의 한 코너를 차지했다. 가히 탈 영토의 시대에 걸맞은 전략이다. 따로 혹은 같이 움직이는 그들의 수명은 그리 길지 않다. 상품으로서 효용 가치가 다 하면 바로 해체된다. 그 이후 그들의 행방을 아는 이는 드물다. 팬들도 마찬가지다. 그들에 대한 기억을 정리하기도 전에 또 다른 아이들이 나타나니까. 그들은 타고난 재능보다는 만들어진다. 막대한 자본을 바탕으로 철저히 기획된 상품이다. 노래 실력보다는 외모가 우선이다. 춤과 개인기도 기본이다. 오늘도 이 땅의 수많은 10대들이 '소녀시대'의 신데렐라를 꿈꾸며 '빅뱅'의 신화를 선망하며 열심히 따라하고 있다.

대한민국은 드라마의 천국이다

아침 시간에는 채널마다 빠짐없이 드라마가 나온다. 내용은 엇비슷하다. 가족 드라마가 주를 이루는데, 정상적인 가족은 없다. 예전 안방극장에서 보여주던 스위트홈은 없다. 출생의 비밀을 복선으로 깔고 지지고 볶는 이야기다. 그런데 드라마 속 가족은 모두 잔디가 깔린 대저택에서 산다. 차도 모두 대형차다. 드라마 속 대한민국에는 경제난 따위는 없다. 말도 안 되는 억지 설정과 비현실적인 내용인 줄 뻔히 알지만, 시청자들은 빨려들어 간다. 욕을 하면서도 본다. 신파극 같은 유치한 복수극이 시청자의 마음을 파고드는 이유는 무얼까. 절망으로 가득 찬 현실에 대한 분노를 드라마를 보면서 분출해 낸다는 대리 만족 때문일 것이다.

대중문화는 달린다

텔레비전 화면이 보여주는 그림 같은 집과 고급스러운 가구, 대형차를 보며 대중들은 끊임없이 소비를 욕망한다. 가수가 입고 나온 옷과 모자를 사서 걸쳐보지만, 현실은 여전히 남루할 뿐이다. 텔레비전 속의 장면은 신기루이며 환상이다. 화면이 꺼지면 사라지지만, 사람들은 여전히 그 꿈을 좇아간다. 잠시나마 고달픈 현실을 잊게 해 주기에. 화면 속의 연인들처럼 고급 레스토랑에서 와인을 마시는 달콤한 사랑을 꿈꾸며 백마 탄 왕자를 기다린다. 미디어가 생산하는 대중문화는 소비적이다. 대중은 문화에 주체적으로 참여하거나 생산자로 다가가지 못한다. 그저 기획사가 만들어주는 대로 미디어가 차려주는 대로 받아먹을 뿐이다. 그들의 상품은 철저히 계획된 이미지의 산물이다. 감각적이고 이미지로 다가오는 대중문화는 실체가 없다. 획일적인 소비 행태와 따라 하기다. 대중문화의 주된 소비층은 10대와 20대이다. 이들은 문화를 매개로 소통하고 자신의 존재감을 확인한다. 이어폰을 귀에 꽂은 채 비슷한 옷과 신발을 신고 거리를 누빈다.

대학문화가 없다

1970년대는 독특한 대학문화가 있었다. 통기타와 청바지로 상징되는 저항문화는 대중문화와 구별되는 분명한 선이 있었다. 자유, 젊음, 저항의 의미를 노래에 담아 억압적인 정치 체제나 보수적인 기성문화를 뛰어넘고자 하는 의지가 작동했다고 볼 수 있다. 80년대 후반 민주화 운동을 거치며 우리 사회는 다양한 계층 문화를 생산해낸다. 겨우 움트기 시작하던 계층문화는 세계화의 광풍 앞에 맥없이 무너진다. 거대한 미디어 산업이 만들어내는 대중문화가 이들을 덮쳐버렸다. 자본이라는 막강한 무기를 장착한 대중문화는 어린아이부터 노인까지 가리지 않는다. 대학가 축제 마당에는 인기가수나 연예인이 불려온다. 학생들은 그들의 모습을 먼발치에서 보며 환호한다. 진지함은 질색이다. 그저 감각적인 춤과 노래, 게그로 웃고 즐긴다. 소비지향적인 대중문화를 뛰어넘는 대학문화는 없는지, 스스로가 문화를 창조해 낼 수 있는 주체로서 진지한 고민을 해야 한다. 대학문화의 부재는 곧 미래 한국 사회의 전망을 어둡게 한다. 21세기는 문화의 시대다. 차세대 문화의 주체인 대학에 문화가 없다.

문화 아이콘, 핸드폰

진화하는 핸드폰

지하철을 탄다. 양쪽으로 자리한 의자에 다양한 세대의 사람들이 앉아 있다. 큰소리로 통화를 하는 세대는 대부분 4,50대 기성세대다. 20대의 젊은 층들은 고개를 숙이고 핸드폰에 열중한다. 누군가와 끊임없이 문자를 주고받거나 게임에 몰입한다. 또 눈을 감고 음악을 듣는 낭만파들도 있다. 그들은 핸드폰이라는 매체를 다양한 방식으로 이용하고 즐긴다. 엄지와 검지를 이용한 손가락의 움직임은 거의 신기에 가깝다. 혼자서 놀고 즐기는 데 핸드폰만한 것이 있을까. 낯선 타자들과 어울리기 보다는 밀실에서 혼자만의 방식으로 놀고 소통하는 것이 더 익숙한 세대다. 설사 공개된 장소라 할지라도 그들은 자기만의 밀실을 만들며 빠져든다. 가족 공동체가 와해된 자리에 외로운 개인만이 덩그러니 남아 있다. 개인은 외롭다. 그 외로움을 탈피하기 위해 그들은 외부로 촉수를 뻗치던 손을 내민다. 별 의미는 없지만, 서로의 존재감을 확인시켜주는 문자와 기호를 시도 때도 없이 주고받는다. 핸드폰이 부르는 소리에 아침잠을 깨고, 핸드폰에 입력해둔 스케줄을 보며 일상을 엮어간다. 언제 어디서나 물과 공기처럼 접속이 가능하다는 의미의 유비쿼터스가 바로 핸드폰이다. 핸드폰은 끊임없이 진화한다.

신인류의 등장

캐나다 출신의 미디어학자 마셜 맥루한은 "미디어가 곧 메시지다."라는 유명한 말을 했다. 새로운 미디어의 등장은 삶의 양식뿐만 아니라 인간의 사유 방식까지 변화시킨다는 것을 예견했다고 볼 수 있다. 그는 과거 인쇄 미디어가 시각 위주의 감각의 분리와 파편화를 초래했던 데 비해 전자미디어의 출현은 인간의 감각을 확장시키며 문자 이전의 감성적이고 통합적인 인간형을 부활시킨다고 말했다. 합리주의와 과학으로 상징되는 근대의 매체들은 인간의 감성과 의식을 분리시키거나 고착화시켰다. 튜브 물감과 기차라는 신매체의 등장이 인상주의라는 미술사의 새로운 학파를 형성했듯, 핸드폰의 등장은 신인류를 탄생시켰다. 그들은 감각적인 이미지를 이용한 무한대의 상상력을 펼친다. 또한 신인류는 서로 이질적인 요소들을 끌어와 융합하면서 새로운 문화를 창조해내는 능력을 발휘한다. 아날로그 시대의 보수적이고 획일적인 문화와는 판이하게 다르다. 그들은 매체를 마음껏 유영하면서 다양한 문화를 만들고 즐긴다.

문화 아이콘 핸드폰

20대에게 핸드폰은 단순한 통신기기가 아니다. 자신들의 정체성을 상징하는 하나의 기호이며 집단 문화의 징표다. 핸드폰이라는 기기가 가진 기능은 상상을 초월한다. 전화를 걸고 받는 기능, 카메라, 음악, 인터넷 등. 그 가운데 20대끼리 소통하는 중요한 아이콘은 단연 문자 메시지다. 평균 한 달에 200여 통의 문자를 주고받는다고 한다. 그들에게 문자 메시지는 그 어떤 수단보다 가깝고 절친하다. 요금도 싸다. 작은 자판 위의 기호들을 조합하여 단어를 나열하고, 감정을 실어 보낸다. 문자에 덧붙여 이모콘티까지 가세하여 풍부한 전달력을 과시한다. 그야말로 접속의 세대다. 그들만의 특별한 소통 방식은 시공간을 뛰어넘는다. 핸드폰을 통한 일대일 소통 방식에 타인이 개입할 여지는 없다. 오로지 둘만의 은밀한 통로를 만들며 즉흥적이고 감각적으로 교류한다. 개인 대 개인의 방정식으로 인간관계를 엮어간다.

그러기에 복잡하지도 않고 한없이 가볍다.

집단 지성의 가능성

핸드폰이 집단 지성의 매체로 떠오른 사건이 있다. 대한민국을 뜨겁게 달아오르게 했던 촛불 집회다. 광우병에 대한 안전성이 보장되지 않은 미국산 쇠고기를 수입하려는 정부의 정책에 촛불로 항거한 사건이다. 촛불 시위에는 10대 청소년을 비롯하여 유모차를 앞세운 아줌마들, 좀처럼 세상사에 나서지 않던 20대들까지 광장으로 나섰다. 10대와 20대를 연대하게끔 해준 매체가 바로 핸드폰이었다. 문자를 통해 전달된 메시지는 늘 경쟁의 상대로만 존재했던 그들에게 어떤 공분의 동질성을 지닌 '우리 편'으로 느끼게 해주었다. 그들은 학교를 마치고 삼삼오오 광장으로 모여 촛불을 켜들고 자신의 존재감을 과시했다. 이 시대가 매체에 의해 움직이며, 매체를 이용한 주체적인 집단 지성의 모습을 보여준 역사적인 사건이라 할 수 있다. 그들은 말 그대로 '쿨하게' 연대했다가 각자의 일상으로 돌아갔다. 100여 년 전 사발통문으로 농민군을 집결시켰던 것을 생각하면 격세지감이다. 만약 100여 년 전 농민군에게 핸드폰이 있었더라면 역사는 어떻게 바뀌었을까.

매체와 인간

영화 〈매트릭스〉는 기계 문명에 의해 지배당하는 미래의 인간상을 보여준다. 주체성을 상실한 인간들은 자신들이 만든 기계에 의해 역으로 조종당하는 신세로 전락하고 만다. 지금 대학생들은 핸드폰이라는 미디어에 속박되어 살고 있다고 해도 과언이 아니다. 강의실에서, 식당에서, 잠자리에서 잠시도 핸드폰으로부터 벗어나지 못한다. 24시간 핸드폰을 끼고 있어야만 안정이 되는 중독 증상이 심각하다. 인간의 지혜가 낳은 산물인 핸드폰이라는 뉴미디어가 학생들의 일상과 의식을 철저히 지배하고 있다. 미디어 전문가 헨리 젠킨스는 휴대전화가 '미디어 컨버전스' 과정의 중심에 놓여있다고 지적했다. 그는 '컨버전스 문화 시대'를 이끌어가는 핵심적인 요소로 참여 문화와 집단 지성을 꼽았다. 그가 정의하는 컨버전스(convergence)의 핵심 요소는 상호작용이다. 이 시대는 미디어 생산자와 소비자가 복잡하게 얽히면서 역동적으로 상호작용하고 있다. 뉴미디어의 열정적 소비자인 20대들은 기술적 요소를 넘어 다양한 문화를 생성할 수 있는 주체로서 거듭나야 할 것이다.

142

대학축제 유감

축제가 끝난 뒷자리에 비가 내린다. 여기저기 나뒹구는 의자와 술병, 먹다 남은 음식물이 뒤섞여 마치 폐허의 마당 같다. 노상에서 비를 맞고 있는 모든 것들이 청춘의 한 자락인 양 처연하다. 다들 술에 취해 늦잠을 자고 있을 터, 아무도 보이지 않는다. 젊음은 짧고 강렬하다지만, 그만큼 무절제하고 위험하다. 며칠의 축제 판에서 터질 듯한 청춘의 에너지를 발산하였지만, 다시 돌아온 현실은 냉혹하다. 재미없는 공부와 돈, 취업 준비 따위가 사천왕처럼 버티고 서 있다. 무엇이 남았는가. 새벽까지 학과 선배들과 술을 마셨다는 신입생은 다음날 졸음과 힘겨운 사투를 벌인다. 밤을 지새우며 나누었다는 이야기는 가슴 뿌듯한 감동과는 거리가 먼 그냥 흘러가는 말들의 유희였다. 의미 없는

시간들과 말의 연찬회에 시끄러운 음악과 술이 보태진 자리였다

축제의 역사는 인류의 역사와 같이 한다. 고대사회에서도 축제는 중요한 국가적 행사였다. 농경이 중심이었던 고대사회는 추수가 끝난 후 국가적 차원에서 축제를 벌였다. 우리나라 역사에서도 부여는 영고(迎鼓), 고구려는 동맹(東盟)이라 부르는 축제행사가 있었음을 기록으로도 알 수 있다. 풍년 농사를 주관하는 천신에게 제사를 지내고, 농사에 힘들었던 백성을 위로하기 위한 잔치판이었다. 농경사회에서는 마을 단위로 축제 판을 벌여 풍년을 기원하고, 마을 사람들끼리 음식과 술을 나누며 소통하고 즐겼다. 그런 자리는 공동체의 일원으로 자신의 존재를 확인하는 자리이기도 했다. 또한, 서로간의 갈등을 치유하고 더불어 살아가는 지혜를 배우는 기회였다. 이처럼 축제의 원형질은 소통과 공존이다. 너와 나는 더불어 함께 살아가야 하는 공동 운명체임을 되새기는 장이었으리라. 현대의 축제는 문화와 자본이 결합된 모습으로 변신을 거듭하고 있다.

오늘날 대학축제는 대중문화와 음주문화로 대변된다. 선배들이 관행적으로 해오던 방식대로 인기가수를 불러 전야제를 하고, 주막촌을 열어 먹고 마신다. 많은 예산을 인기 연예인을 불러오는 데 쓴다. 학생들을 축제 판으로 끌어오기 위해서는 어쩔 수 없다는 주최 측의 항변이다. 열린 음악회치고는 너무 비싼 음

악회를 구경하는 것은 아닌지 반성해 볼 일이다. 과거 대학 축제는 학술대회와 막걸리로 상징된다. 지식을 공유할 자리가 마땅찮았던 그 시절은 축제 기간에 명사 초청 강연회나 학술대회가 약방의 감초처럼 들어갔다. 그리고 암울했던 사회 분위기 탓에 대학가의 축제는 젊음과 의식의 해방구였다. 그렇다면 21세기 대학축제의 목표와 방향에 대한 진지한 고민과 변화가 있어야 하지 않겠는가. 대학축제는 일반 지자체에서 하는 축제와는 구별되어야 한다. 대학이라는 공간에서 대학의 구성원들이 주체가 되는 축제는 '그들만의 색깔 특징'을 담아내야 한다.

경산에 있는 어느 대학교의 봄 축제는 없었다. 총학생회는 축제를 포기하고 행사비 전액을 장학금으로 내놓았다. 비싼 등록금 때문에 휴학을 하고, 아르바이트에 매달리는 학우들을 위해 이런 결단을 내린 것이라고 한다. 신선한 발상의 전환이다. 또한, 대학에서는 봄 축제에 새로운 프로그램을 기획하여 많은 학생들의 호응을 얻었다. 학생들의 취업 경쟁력을 높여주기 위해 '취업 페스티벌'을 거최한 것이다. '사주에 맞는 진로 및 취업상담', '도전 취업 골든벨' 등 재미와 실속을 갖춘 프로그램을 도입했다. 학생들은 다양한 취업 특강과 이벤트로 축제도 즐기고 현실적인 도움도 받는 일석이조의 효과를 단단히 누린 셈이다. 세상이 변했으니 당연히 축제의 내용도 변해야 한다. 도전과 창의는 젊은이의 특권이다. 조금만 생각을 바꾸면 축제 판이 달라질 수 있다.

　러시아의 사상가 미하엘 바흐찐(M.M. Bakhtin)의 '카니발 이론'은 앞으로 대학축제가 나아갈 방향을 제시해 준다. 카니발은 얼굴을 가면으로 가림으로써 사회적인 계급이나 지위를 떠나 사회 구성원들의 열망을 마음껏 발산하고 자아를 발산하는 해방구다. 바흐찐의 말대로 "타인의 의식을 객체가 아니라 동등한 권리를 가진 주체"로 바라본다면 누구나 축제의 주인으로 즐겁게 참여하리라 본다. 대학을 구성하는 삼두마차는 학생, 교수, 교직원이다. 이 세 군단은 공동운명체다. 그럼에도 불구하고 각자 따로국밥으로 상을 차려놓고 논다. 학생들의 자율성을 보장한다는 명분 아래 교수와 교직원은 방관자로 바라볼 뿐이다. 학생들 역시 대학축제를 자기들끼리 먹고 마시는 장마당쯤으로 여긴다. 교수와 교직원 학생들이 마주 앉아 축제를 기획하고 참여하는 가운데 소통과 공존의 가치가 피어날 수 있다. 서로의 벽을 허물고 다양한 프로그램을 통해 공감하고 소통하는 대학축제를 만들어 보자.

4

세상과 인간에 대한 예의

과거의 영광을 잊어라
– 이승수 〈문학이 태어나는 자리〉

삶이란 그런거야
– 오정희 〈가을여자〉

거인의 무등에 올라타서
– 박지원 〈열하일기〉

영화를 통해 예술을 통하라
– 고미숙 〈이 영화를 보라〉

세상과 인간에 대한 예의
– 박완서 〈호미〉

가족 로망스의 재현
– 〈애자〉 감독 정기훈

해체와 전복을 통한 사랑의 해석
– 〈박쥐〉 감독 박찬욱

심안을 가져야 제대로 본다
– 〈눈먼자들의 도시〉 감독 페르난도 메이렐레스

이성과 합리성을 넘어서
– 〈아바타〉 감독 제임스 카메론

영화가 꿈꾸는 신세계
– 〈이상한 나라의 엘리스〉 감독 클라이드 제로니미
월프 레드 잭슨, 해밀턴 러스크

과거의 영광을 잊어라

– 이승수 《문학이 태어나는 자리》

일단 찜해둔다

주말 아침 느긋한 마음으로 신문을 펼친다. 신문 1면의 제목부터 죽 훑어가면서 눈에 띄는 기사를 읽는다. 그러다가 중간쯤 책 소개 면에 다다른다. 마찬가지로 제목부터 눈으로 읽어간다. 최근의 경제 상황을 반영하듯 경제학 관련 책이 많이 소개된다. 가로 세로로 편집된 지면을 따라가면서 작은 박스로 편집된 책이나 담당 기자의 서평, 혹은 전문가의 책 소개에도 눈길을 준다. 《문학이 태어나는 자리》라는 책 제목은 심드렁하다. 먹고 살기도 힘든데 무슨 문학이람? 문학 담당 기자가 독자의 구미가 당기게 제법 기사를 잘 썼다. 일단 찜해두었다. 다른 신문도 익숙한 습관처럼 읽어나갔다. 그날 아침 내가 읽은 거의 모든 신문에

이 책이 소개되었다. 도대체 무슨 책이기에 신문마다 책에 대한 찬사를 늘어 놓는거야? 구입 도서목록에 제목을 올린다.

책을 손에 넣다

시내 서점 문학코너로 갔다. 이미 마니아들에게 몇 권이 간택 당해 갔는지 두 권만 남아 있다. 독자들이 이 책을 주목하고 있다는 증거다. 매일 출판되는 그 많은 책들을 다 읽을 수 없으니 소위 전문가라 칭하는 사람들의 서평에 기댈 수밖에. 검증의 과정 역시 '짜고 치는 고스톱'의 음모가 개입되지만, 나로서는 선택의 여지가 별로 없다. 책표지는 겸재 정선의 '오이밭의 청개구리' 그림이다. 표지는 첫인상이다. 직관에 의지하는 첫인상이 때로 오류를 범하기도 하지만 어쩌랴. 발랄하고도 유쾌한 그림이다. 첫인상이 괜찮다. 원하던 책을 손에 집어들었을 때 느껴지는 쾌감이 온몸을 타고 흐른다. 강태공이 밤을 새우다가 월척을 낚는 손맛이 이런 것이리라.

목차를 주목하라

지하철을 타고 오면서 책을 펼친다. 저자의 서문에서 공부의 넓이와 깊이가 대충 가늠된다. 가벼움과 무거움이 적절하게 배합되어 있다. "문학은 삶이라는 집에 달려 있는 창문이고, 삶의 밭 사이에 나 있는 두둑길이다. 사람들은 문학이라는 창문을 통해 삶을 엿보고, 문학이라는 길 위로 삶을 가로질러 간다." 이 구절에 밑줄을 긋는다. 문학을 바라보는 저자의 시선이 관념성을 벗어나 삶 속으로 들어와 있다. 맘에 든다. 다음 장으로 넘기니 목차가 등장한다. 탄생, 모순, 광기, 사랑, 유폐, 동경 등 2음절의 명사가 소제목이다. 그 명사에 대한 짧은 주제문이 나란히 배치되어 있다. 목차를 설명하는 압축된 문장 역시 만만치 않다. "서설 – 그대 삶은 모두 문학의 자궁", "유폐 – 벽을 감지하는 자만이 자유를 꿈꿀 수 있다" 유목민처럼 살아가는 도시인의 삶의 패턴에 꼭 맞는 편집이다. 짬나는 대로 이리저리 책을 뒤적이다 눈길이 머무는 곳을 펼쳐놓고 읽으면 된다.

통섭으로 다시 태어나다

고전문학을 전공한 지은이는 우리의 시를 글 가운데 배치한다. 최치원의 한시부터 이상의 〈오감도〉까지. 그림도 등장한다. 뭉크의 〈절규〉는 '공포'의 자리에, 정선의 〈만폭동도〉는 '여행'에, 고야의 〈감옥〉은 '유폐'에 가져와 슬쩍 끼워 넣었는데 그림을 해석하는 폼이 재미있다. 또 영화 〈닥터지바고〉, 까뮈의 〈이방인〉, 니체의 〈비극의 탄생〉은 '죽음'의 주제 아래 우리 것 〈공무도하가〉를 뒤에 등장시키기도 한다. 한 마디로 종횡무진이다.

동서양의 문학, 영화, 그림, 음악을 아우르는 통섭이다. 새로운 메뉴의 출시다. 문학은 이제 혼자 존재할 수 없다. 문학이라는 단 벌옷으로는 세상으로 나갈 수 없다. 단일 메뉴로는 아무도 주목하지 않는다. 저자는 자신의 인생에서 보고 듣고 느낀 모든 경험을 총동원하여 문학과 여타 분야와의 만남과 소통을 시도한 것이다. 그래서 중후한 맛이나 웅숭깊은 울림은 빈약할 수밖에 없다.

과거의 영광을 잊어라

점심 때가 되면 무얼 먹을지 늘 고민이다. 음식점 간판은 줄을 서지만, 선택에는 늘 고민이 따른다. 소문난 집도 두세 번만 가면 질려버린다. 소비자의 입맛은 날마다 진화한다. '문학'을 날 것으로 진열대에 내놓으면 이제 아무도 거들떠보지 않는다. 우리 입맛에 맞는 소스를 개발하고, 다양한 야채도 깔고, 예쁜 접시에 장식을 곁들여 담아내어야 겨우 곁눈질이라도 한다. 이 책은 이 시대의 트렌드에 맞춘 문학의 신 메뉴이다. 문학을 공부하는 지은이의 고민이 잉태한 새로운 형식의 문학 해설서이다. 고정관념을 버려라, 과거를 잊어라, 자신의 영토에서 뛰쳐나와 그림과 만나고 영화와 교유하라. 사람들은 현실이 고달플수록 위안의 자리를 갈망한다. 그래서 삶이 계속되는 한 문학도 존재할 것이다. 다만, 그 모양과 맛을 달리하여 삶의 곁에 머무른다.

삶이란 그런거야

– 오정희 《가을여자》

오정희 문체와 소설의 힘

책장에 오정희의 책이 서너 권 꽂혀 있다. 몇 번 이사를 다니는 와중에도 그녀의 책은 챙겨왔다. 오정희는 7,80년대 문학 판이나 주변을 서성거리던 사람에게는 모범적인 문체의 표상이었다. 그녀가 보여주는 단편소설의 문체는 그대로 교과서다. 단정하고 군더더기 없는 문장은 문학 지망생이나 애독자에게 하나의 전형으로 자리 잡았다. 책갈피의 작가 이력과 함께 실린 얼굴과 문체는 무척 닮았다. 반듯하고 단정한 모습이다. 그녀의 작품에서도 이런 이미지는 알레고리로 드러난다. 단단함과 단정한 사유의 거리, 잔잔한 울림 같은 이런 이미지들이 연결된다.

오정희의 소설은 정직하다. 그녀는 머리말에서 "소설집에는 젊음에서부터 늙어가는 지금까지 내가 겪고 살아온 시간과 삶이 민낯으로 담겨 있다."고 말했다. 작가의 고백처럼 그의 글에는 일상에서 건져 올린 삶의 속살이 담겨 있다. 소설 속의 인물 또한 늘 마주치는 이웃처럼 낯설지 않다. 소설의 풍경이 일상의 풍경과 거의 일치한다는 점이 오정희 소설의 힘이다. 그래서 솔직 담백하다. 폼도 잡지 않는다. 한때 나는 그녀가 살고 있는 '춘천 가는 기차'를 몇 번이고 타브고 싶었다. 소설이 날개를 달았던 시절, 오정희와 춘천은 낭만과 문학의 종착역이었다. 그녀의 산문집을 읽노라면 안거에 젖은 낙엽 타는 냄새가 나곤 했었다.

삶이란 긴 여정에 내포된 쓸쓸함과 고독, 사랑, 욕망 따위를 소설이라는 그릇 안에 가감 없이 담아낸다. 감추어 둔 일기를 오도독오도독 씹는 맛이다. 비 오는 날, 방바닥에 엎드려 볶은 콩을 하나씩 집어먹다 보면 어느새 소설 한 권을 다 읽게 된다. 이 책이 그런 책이다.

삶이란 그런 거야

"환멸과 슬픔과 쓸쓸함 또한 우리의 생을 살게 하고 더욱 높이 들어 올리는 힘이라는 걸 어렴풋이 느낍니다." 작가의 말에서 깊은 철학이 감지된다. 그녀가 바라보는 삶이란 결코 화려하거나 낭만적이지 않다. 오히려 고독과 슬픔, 배반, 어긋남 등으로 우울하다. 모순투성이의 생을 억지로 포장하거나 숨긴다고 근원적인 존재의 아픔이 사라지지 않는다는 것을 잘 알고 있다. 오히려 삶이 지닌 모순과 인간 존재의 한계를 솔직하게 드러내고 정면으로 응시함으로써 희망을 건져 올릴 수 있다고 말한다. "나는 뒤틀리고 거친 삶 속에서 참 반듯하게 살고 싶어 구긴 옷을 정성껏 다리고 공들여 화장하면서 내 삶도 이렇게 아름답게 가꾸어지기를 바랐어."(시든 꽃의 고백). 소시민이 지닌 허위의식과 이중성을 날카롭게 파헤치지만, 한편으로는 그네들이 지닌 꿈과 삶에 대한 시선이 한없이 따스하다.

작가는 외롭고 쓸쓸한 인간 군상의 응석을 큰언니처럼 다독인다. 꿈과 현실이 어긋나는 가운데 받은 상처와 아픔을 어루만져준다. 그래도 살아야 하는 것이 인생이라고, 등을 토닥여주며 위로한다. 어쩌랴. 삶이란 그런 것이고, 세월은 속절없이 흐르는데. 인생이 근원적으로 쓸쓸하고 때론 절망스럽지만, 인간에 대한 믿음을 놓지 않는다. 살아보니 인생이란 것이 입출금이 딱 맞아떨어지는 것이 아니더라는 여유와 관용도 녹아있다. 삶은 늘 우리를 배신한다. 그렇더라도 내 앞의 생을 성실하게 살아야 한다고, 인간으로서 최소한의 품격과 양심을 잃지 말 것을 조곤조곤 말한다. "인생은 바래지 않는 순정한 꿈"이라는 것을 깨달은 작가의 말처럼 작지만 소박한 꿈을 잃지 말고 살아가야 한다고 주문한다.

다시 이야기의 시대가 오다

소설의 시대는 지나갔다. 모든 것이 속도전으로 치닫는 이 시대에 긴 이야기는 설 자리가 없다. 다른 한편으로 한국소설을 떠받쳐주던 근대의 육중한 가치가 간판을 내린 지 오래다. 남은 것은 개인의 욕망과 소소한 일상이다. 서사 구조의 본질인 영속성이 사라진 곳에 분절된 영상의 이미지가 등장했다. 바쁘고 참을성 없는 현대인은 소설책에 눈길조차 안 준다. 짧고 간결한 것이 미덕인 시대다. 자그마한 문고판형에 불연속성의 단편소설을 엮어낸 것은 변신의 흔적이다.

이야기의 시대가 다시 도래하고 있다. 음악회에도 상품 광고에도 역사에도 스토리텔링이 유행이다. 오래된 전설과 민담을 끄집어내어 먼지를 털고 다시 옷을 입히는 작업이 새로운 트렌드로 부상했다. 그런데 시각이 예전과 좀 다르다. 이리저리 뒤집고 다시 꿰매고, 다른 것을 갖다 붙여 새로운 것으로 탈바꿈 시킨다. 이 모든 작업의 기초가 이야기다. 사소한 일상에서 의미를 발견하는 일, 그것이 곧 소설의 힘이다. 서사의 시대, 이야기의 시대가 다시 왔다.

거인의 무등에 올라타서

– 박지원 《열하일기》, 김혈조 옮김

　고전의 반열에 오른 책이 다 그렇듯 이 책 역시 만만치 않다. 아인슈타인은 이미 십대에 "나는 술 대신 철학고전에 취하겠다."고 맹세했다는데, 고전 읽기는 여전히 어렵다. 고전이 세월의 무게를 견디고 살아남은 것은 나름대로 다 이유가 있지 않은가. 시대와 국경을 뛰어넘는 무언가가 담겨있기 때문에 꾸준히 독자에게 선택받는 책이 된 것이리라. 그런데 고전으로 들어가는 문은 높고 두텁다. 책장도 잘 넘어가지 않는다. 인내심을 최대한 발휘하여 천천히 곱씹으면서 읽어야 한다.

　이 책을 읽으면서 나는 연암이라는 한 지식인의 삶과 사상에 푹 빠지고 말았다. 조선시대 사대부의 길은 오로지 하나였다. 입신양명. 그런데 연암은 과거를 스스로 포기한다. 남들이 모두 선망하는 길을 자발적으로 포기한 대신 외로운 학문의 길을 선택한다. 진흙탕 같은 정치의 장에 들어가 온갖 오물을 묻히며 살기보다 자유롭고 주체적인 인간으로 살기를 원했던 연암. 그의 선택은 외로웠지만, 그의 삶의 결코 고독하지 않았다.

연암은 청나라 황제의 축하 사절단에 끼여서 여행을 간다. 마침 건륭황제가 여름 별장인 열하에 가 있었기에 조선 사신단으로서는 처음으로 열하 땅을 밟는다. 그의 지칠 줄 모르는 세상에 대한 호기심은 사흘 밤낮으로 달려가는 고행의 길에 기꺼이 동행했다. 특히, 지식에 대한 탐구 정신은 가는 곳마다 그 고장의 지식인을 수소문하여 밤새도록 필담을 나눈다. 그러면서 그가 지닌 학문의 깊이와 넓이, 더 나아가 그 지방의 역사나 삶의 모습까지 추측한다. 연암이 추구하는 세계는 종횡무진 거침이 없다. 그는 중국의 산천만 보지 않는다. 세상은 아는 만큼 보인다고 했던가. 생활 모습, 풍속, 역사, 정치, 사상, 중국의 통치 방식, 정세 파악에 이르기까지 끝이 없다. 그 모든 것을 철저하게 기록한다. 연암의 놀라운 기록 정신 덕에 《열하일기》가 탄생한다.

타고난 천재성과 호기심, 예술과 사람을 보는 감각, 어떤 상황도 긍정적으로 바꾸어 나가는 마인드, 끊임없이 솟아나는 열정 등 그를 상징하는 기호는 다 열거할 수 없을 정도다. 2권 뒷부분은 방대한 중국 역사에 대한 필담 내용이 주를 이룬다. 주로 중국 역사에 한정되지만, 역사를 어떻게 바라보고 해석할 것인가에 대한 대화 내용은 입을 벌리게 만든다. 황허강처럼 도도한 중국의 역사를 찻숟갈만큼도 모르는 나의 무지가 독서를 방해한다. 나의 얕은 지식이 부끄럽고, 앎이 끝이 없다는 것을 새삼 확인한다.

연암은 중국의 뛰어난 문화를 내심 부러워하고 흠모한다. 그러면서도 조선의 선비로서 자존심을 잃지 않는다. 맹목적 추종이 아니라 비교 분석하면서 장단점을 가려내는 그의 혜안은 비판적 읽기를 실천한 것이다. 책을 읽다 보면 연암의 방대한 배경지식에 놀란다. 남의 지식을 받아들이되, 철저히 자기 것으로 소화하여 새로운 지식으로 재창조해낸다. 이 점이 연암이 지닌 위대함이다. 그의 문체는 가히 당대의 한계를 뛰어넘는 파격적인 묘사가 주를 이룬다. 비유나 묘사는 후대에 텍스트로 삼을 만한 모범이다. 유머와 낯설게 바라보기, 자신만의 시선으로 관찰하기 등은 글쓰기의 전범을 그대로 실천한 작가다.

연암의 평생 화두는 "지식인으로서 이 세상을 어떻게 살아갈 것인가?"였다. 그의 화두는 내게도 유효한 물음이다. 연암은 하룻밤 사이에 아홉 번 강을 건넜다지만, 나는 평생 동안 한 번도 강을 건너지 못할 지도 모른다는 위기감이 든다. 통상적으로 시대를 비껴선 아웃사이드의 삶에는 우울한 그림자가 드리워지기 마련이다. 고흐나 허균 같은 인물에게 느껴지는 울분이나 아픔을 연암에게는 느낄 수 없다. 이를 두고 어떤 사람은 연암의 타고난 명랑성이라고도 말한다. 연암은 당대가 지닌 한계를 너무 잘 알고 있었다. 스스로 시대를 전복할 혁명가가 되지 못한다는 것도 인식했다. 그러한 상황에서 그가 선택할 길은 자명하다. 내 안의 혁명이다. 당대의 체제 속으로 흡수되기보다 자발적으로 다른 길을 선택했다. 연암은 그 길을 즐겁고 의미 있게 살다간 것이다.

조선시대를 살다간 한 지식인의 일기를 통해 오늘의 나를 돌아본다. 나는 이 시대를 어떻게 살아갈 것인가. 앞으로 남은 생애 동안 내가 걸어갈 길은 어떤 길이며, 그 길을 어떻게 걸어갈 것인가.

영화를 통해 예술을 통(通)하라

– 고미숙 《이 영화를 보라》

　나는 책을 살 때 몇 가지 원칙이 있다. 예전에는 주로 인문학 쪽으로 닥치는 대로 사서 읽었다. 신문에 신간이 소개되거나 책을 읽다가 가지 뻗기 식으로 연결되는 책을 두루 사서 보는 편이다. 또 다른 한 가지는 작가를 보고 거의 맹목적으로 산다. 박완서, 조정래, 유홍준, 고미숙 등. 내가 좋아하는 작가의 책을 읽으면 밑줄을 그으면서 읽는다. 이런 고약한 습관 탓에 책을 빌려 보지 못하고 사서 읽는 편이다. 고미숙의 영화 평론집인 이 책도 순전히 작가에 대한 맹목적인 신뢰가 작동되어 사게 된 책이다. 이번에도 나의 선택은 탁월했다.

　역시 고미숙이다. 고미숙은 인문학 공동체 '수유 그 너머'를 만든 인문학을 전공한 여성이다. 《아무도 기획하지 않은 자유》

로 나를 흥분시키더니 《열하일기, 웃음과 역설의 유쾌한 시공간》으로 또 한번 감동에 빠지게 한다. 연암을 열렬히 사랑하며, 21세기 한국에서 연암을 부활시킨 주역이기도 하다. 어찌나 고미숙이 연암을 사모하는지 완역판 《열하일기》를 사서 꼭 완독해보고 싶다는 꿈을 가지게 해주었다. 내 주변에서도 고미숙의 팬을 어렵지 않게 만난다.

고미숙의 글은 쉽다. 그녀만의 독특한 글쓰기 방식인데, 고전문학을 전공한 사람답지 않게 문장이 탈근대적이고 유연하다. 어떤 형식이나 틀에 얽매이지 않으면서 그녀의 자유로운 사유의 그물 안으로 독자를 유인하는 힘이 있다. 또 방대한 인문학적 지식(그의 표현을 빌자면 노마드 식, 종횡무진)을 바탕으로 영화를 다양하게 해석하고 접근한다. 그리고 내 일상의 삶 속에 착색되어 있던 여러 문제, 작게는 아주 개인적인 문제부터 국가적 문제까지 본질적 고찰을 하게 해준다. 이 책을 읽으면서 내 안의 풀어내지 못한 고민을 하나 해결하는 성과를 올렸다. 인문학의 매력이 바로 이런 것이다.

이 책에는 모두 6편의 영화에 대한 평이 실려 있다. 고미숙의 평론은 화면 안에만 머물지 않는다. 영화에서 숨겨지거나 혹은 감독이 드러내고자 하는 주지를 잘 포착하여 우리 삶의 문제로 기막히게 연결한다. 또 감독이 전혀 의도하지 못한 부분도 나름대로 해석하고 귀신같이 잡아낸다. 영화 한 편을 가지고 시대적 흐름과 이념으로, 시야를 무한대로 확장시킨다. 아무튼 책을 읽는 내내 가슴 벅찬 요상한(?) 감정의 변화를 자주 느낀다. 스스로 인간이라는 사실이 아주 뿌듯하다거나, 이런 글을 읽고 있는 자신이 썩 잘나 보이는 듯한 만족감 등을 체험하게 해준다.

그녀의 지론은 예술이 삶과 분리되면 병리적으로 흐르거나 환상성으로 도피하게 된다고 주장한다. 이 말에 무릎을 쳤다. 예술이나 문화가 우리 일상으로 들어온 지 오래이다. 음악을 듣고, 미술을 감상하면서 감동을 받는다는 것은 지루한 일상으로부터의 탈출도 있지만, 보다 근원적인 의미를 찾자면 바로 '욕망의 탈영토화 내지 욕망의 재배치' 라는 것이다. 이 난해한 말의 의미를 내 방식대로 해석하자면, 한국 사회는 자본주의라는 욕망의 틀 안에 전 국민이 갇혀 있다. 삶의 존재 이유와 가치, 목표가 오로지 돈이다. 그 돈이 아무한테나 평등하게 오면 다행이지만, 그놈은 절대 그렇지 않다. 또 돈을 거머쥔 사람도 별로 행복해보이지 않더라는 얘기다. 그래서 욕망 자체에 대한 의심과 재배치가 필요하다는 것이다.

삶을 짓누르는 자본의 욕망에서 벗어나 진정으로 내 삶의 주인이 되는 삶의 방식을 찾는데 예술이 주요한 방법이 된다. 영화는 접근성이 용이하고 비용이 비교적 싼 예술이다. 영화를 통해,

162

미술품을 보고 오히려 내 삶이 나락으로 떨어지는 듯한 비극적 경험은 예술의 사회성이 근대성에 머물러 있다는 증거라고 항변한다. 나도 이 말에 백번 동의한다. 안 그래도 삶이 무겁고 힘든 세상인데, 예술조차 관객을 고통스럽게 몰아세우는 것은 너무 가혹하지 않은가 말이다.

예술을 접(接)하지 말고 통(通)하라. 흔히 현대미술은 관객을 고통으로 내모는 것이 존재 이유라는 궤변을 늘어놓는다. 이 말에 대하여 고미숙은 통쾌한 주먹을 날린다. 귀신 씨나락 까먹는 소리 그만 하라고. 예술에 다가가는 행위가 관객으로 머물고 만다면 그건 귀부인이 자신을 한껏 치장하기 위해 걸친 보석과 무엇이 다르랴. 예술을 주체적으로 받아들일 때 삶이 고양되고 충만해진다는 논리다. 가사 내용을 잘 알지도 못하는 이태리 가곡을 듣고 있을 때 느꼈던 답답함과 불쾌감은 나만의 경험이 아닐 것이다.

결론은 '영화를 삶 속으로'이다. 책에서 얻은 지식을 머리에만 두면 사는 것이 점점 불행해진다. 왜냐하면 책 속의 인간들은 모두 나보다 잘났고 고상하고 위대해 보이므로. 우리가 일상에서 접하는 사람, 영상, 책, 광고, 자연 등 이 모든 대상과 진하게 연애하는 방법을 이 책은 가르쳐준다. 그리고 나처럼 돈 버는 재주가 없는 인간도 이 땅에서 인간답게 살 수 있는 방법과 다른 가치를 재발견하게 해준다. 고미숙의 책을 읽고 나면 글을 쓰고 싶다. 그만큼 독자에게 많은 사유거리를 던져준다. 또 파스칼이 명명한 '생각하는 갈대'라는 인간에 대한 명제를 '참'으로 믿게 한다.

맘에 드는 좋은 책은 칙칙한 여름의 공기도 산뜻하게 바꾸어 놓는다. 적어도 이 책 덕분에 얼마간은 살아가는 일이 즐겁고 행복하리라.

세상과 인간에 대한 예의

- 박완서 〈호미〉

어지간하면 산문집은 안 사기로 작정했다. 전공과 관련된 책도 다 못 보고 쟁여두는 판에 자질구레한 일상사를 엮은 책을 사서 본다는 것이 어쩐지 손해 보는듯한 느낌이 들기 때문이다. 이런 책은 서점에 갈 때마다 한 꼭지씩 공짜로 읽어보리라 다짐했다.

서점 한구석에 자리를 잡은 나는 아예 두 다리 쭉 뻗고 앉아 책을 읽기 시작했다. 머리도 식힐 겸 설렁설렁 책장을 넘겼다. 나는 점점 그녀의 이야기 속으로 빨려 들어가고 말았다. 마치 할머니가 손녀에게 조곤조곤 옛이야기 들려주듯 펼쳐지는 문장에 빠져 지갑 속에 있던 아껴둔 문화상품권으로 이 책을 사고 말았다.

그녀는 좀체 흥분하거나 큰 소리를 내지 않는다. 그냥 신변잡기로 시작하여 끝내는 독자로 하여금 고백성사를 보게 만든다. 교양을 가장하여 감추고 있거나, 미처 의식하지 못하는 숨겨진 욕망의 실체를 가차 없이 들춰내어 나무란다. 특히, 소시민이 지닌 허위의식이나 이중성을 정확히 집어내어 까발리는 작가의 시선은 예리하다. 나의 사소한 잘못쯤은 군중심리에 편승해 스스로 면죄부를 준 도덕성을 여지없이 질타한다.

이 산문집에는 죽음을 바라보는 노 작가의 무르익은 시선이 고스란히 느껴진다. 또한, 삶에 대한 깊고 융숭한 정신세계가 담겨있어 결코 가벼이 읽을 수 없는 책이다. 섬세하고 따스한 여성의 시선으로 세상과 자연을 바라본다. 그러다가 나직한 목소리로 세상사의 부조리와 염치를 잃어버린 인간에 대해 일갈한다. 전원주택의 작은 마당을 호미로 일구면서 사계절에 맞추어 피고 지는 생명체와 대화하고 교감하는 작가는 삶의 순리도 그와 같음을 말한다.

박완서는 마지막 도덕 교과서다. 전쟁과 압축 성장을 거치며 잃어버린 인간다운 가치를 일깨운다. 아무리 세상이 변해도 마지막까지 인간이 지녀야 할 도덕적 가치가 무엇인지 한 번쯤 생각하게 만든다. 또 세계화란 이름으로 정신없이 달려가는 세상에서 인간으로서 지켜야 할 양심의 마지노선을 가르쳐준다. 그렇다고 도덕적 결백주의자나 수도승과 같은 정신주의자도 아니다. 인간이 지닌 기본적인 욕망을 좇아가되 인간다운 배려와 최소한의 도덕을 지키는 것이 어떻겠냐고 독자에게 넌지시 묻는다.

내가 꾸준히 박완서의 책을 사서 읽는 이유 가운데 하나는 담백한 그녀의 문장 때문이다. 간혹 뷔페 식당에 가서 동서양 퓨전 요리를 잔뜩 먹고 돌아오면 다음 끼니는 간편한 된장찌개 하나로 속을 가라앉히고 싶은 때가 있다. 그녀의 글은 여름날 된장 한 숟갈 넣어 싸먹는 호박잎 쌈과 같다. 담백하고 개운하다. 허식이나 지나친 과욕이 없는 글은 마음조차 맑게 해준다.

삶이란 거창한 명분이나 요란한 구호가 아니다. 고만고만한 일상사가 거미줄처럼 얽혀가며 흘러가는 강물과 같은 것이리라. 노 작가의 자잘한 일상사를 들여다보면서 늙음을 수용하는 한 인간의 쓸쓸한 내면을 훔쳐본다. 쓸쓸하고도 감미롭다. 우아하게 죽고 싶다는 한 예술가의 독백을 들으며, 남은 내 삶을 일굴 호미 한 자루쯤 준비해야겠다는 생각이 들었다.

가족 로망스의 재현

– 〈애자〉 감독 정기훈

관객의 다층화

영화관 매표소에 도착하니 분위기가 색다르다. 영화관에 잘 보이지 않던 50,60대 여성 관객이 제법 눈에 띈다. 모녀지간으로 보이는 사람도 더러 있다. 우리나라 중년 여성은 텔레비전 연속극은 즐겨보지만, 영화는 잘 안 본다. 경제의 논리가 여성에게 더 민감하게 작동하는 탓인가. 주인공은 모녀지간이다. 29살 노처녀이자 작가 지망생 딸(애자)과 59살 미망인 엄마(영희)를 중심으로 서사가 전개된다. 젊은 날, 남편을 교통사고로 잃은 엄마는 동물병원을 운영하며 억척스럽게 자식을 키운다. 일찍 죽은 남편의 빈자리를 대신해 엄마는 아들에게 모든 것을 건다. 그러나 아들은 엄마의 기대를 매번 배신한다. 반면, 오빠만 챙기는

168

엄마에게 반항하며 사사건건 부딪치는 딸(애자)은 서울로 올라와 작가로서의 출세를 꿈꾸지만 현실은 녹록치 않다. 죽음을 앞두고 딸과 엄마는 극적으로 화해한다. 눈물이 화면을 가득 채운다. 전형적인 한국판 가족 멜로 영화다.

모녀간의 불화, 그리고 화해

근대의 육중한 가치가 해체된 자리에는 개인의 욕망만이 남았다. 어디 기댈 곳 없는 유목민들이 도시의 차가운 뒷골목을 배회한다. 일찌감치 남성적인 질서가 작동하는 학교에서 애자는 문제아였다. 애자는 기성세대의 질서와 폭력에 저항한다. 뛰어난 글 재능으로 대학에 특례 입학하여 서울의 뒷골목에서 성공을 꿈꾸며 기회를 기다린다. 그러나 학교 밖 사회도 여전히 가부장적 질서가 움직이는 곳. 주류에서 탈락한 청춘은 좌충우돌하며 깡다구로 생을 살아간다. 애자의 거친 몸짓과 저항적인 언어는 남성 중심의 가부장적 질서를 향한 도전이자 항거이다. 애자의 이러한 캐릭터는 내면의 의식으로 승화되지 못하고 도중하차한다. 바로 엄마의 죽음이다. 영화의 후반부 애자는 효녀 심청이로 변한다. 죽음과 눈물, 화해로 이어지는 가족영화의 서사를 충실하게 따라간다. 객석에서도 훌쩍거리는 소리가 들려오기 시작한다. 벚꽃이 화사한 내소사 가는 길에서 모녀는 불화를 넘어 화해

한다. 애자는 의식의 차원이 아닌 물리적인 죽음을 매개로 엄마
와 화해한다.

모성 신화의 부활

한국에서 가족은 견고한 성이며 신화의 모태다. 전쟁이나 변
고로 인해 아버지가 부재하는 상황에서 상처 입은 군상은 가정
으로 회귀한다. 어머니는 헌신적인 모성으로 가족을 지켜낸다.
전후 한국사회를 지탱해주던 모성신화다. 견고한 가족주의 이데
올로기가 이 시대에도 여전히 유효함을 보여주는 영화가 〈애자〉
다. 엄마는 온 힘을 다해 자식 뒷바라지를 하며 생을 보내고, 끝
내 시한부 인생을 선고받는다. 오빠는 죽는 순간까지 공장의 부
도를 막아달라며 엄마에게 기댄다. 자신의 수술을 유보하면서까
지 아들을 살리려는 엄마는 가장 한국적인 어머니의 표상이 아
니던가. 가족은 한국인에게 그리움의 원형이다. 가족은 무조건
적이다. 한편 가족의 또 다른 얼굴은 이기적이며 배타적이다. 엄
마는 가족을 위해서 자신의 욕망은 늘 유보시킬 수밖에 없다. 이
영화는 자신의 권리를 주장하며, 가정 밖으로 뛰쳐나간 이 시대
이기적인 엄마들에게 보내는 준엄한 경고장 같다.

영화 〈애자〉는 가족로망스의 재현을 통한 모성신화의 화려한
부활이다.

170

쿨하고 당당한 애자

"취직도 싫다. 결혼도 안 한다. 그람 뭐 먹고 살건데!" "나한테 뭐 해준 게 있다고 이래라 저래라고." 엄마는 변변한 직장도 없이 작가의 꿈을 꾸는 딸이 미덥지 못하다. 결혼이라는 제도를 통해 안전한 가정으로 딸을 밀어 넣고 싶어 안달이다. 애자에게는 '결혼-가정-엄마'라는 정해진 궤도만이 인생길이 아니다. 애자의 반란에 위기를 느낀 가족은 과거로부터 "오래된 미래"를 차용하려 든다. 봉건적 가족 질서를 그리워하는 과거 회귀형 향수다. 겉으로 드러나는 영희와 애자는 자기주장이 강하고 자기표현이 분명한 여성이다. 그러나 그녀의 의식구조는 여전히 조선시대 혹은 근대사회가 심어준 남성 중심의 질서 속에 갇혀 있다. 진부한 모성신화를 신파조의 눈물로 얼버무린 영화다. 단, 김영애, 최강희 두 여배우의 뛰어난 연기가 이런 단점을 가려준다. 이 시대 엄마는 더 이상 자식을 위해 생을 저당 잡히려 하지 않는다. 엄마도 당당하게 한 인간으로서 살고 싶다. 해체되는 가정, 매몰되는 가족신화를 여성의 희생을 담보로 재건하고자 하는 불순한 의도가 엿보인다. 애자는 좀 더 쿨하게 엄마를 보내고, 당당하게 도시 속으로 걸어 들어가야 했다.

해체와 전복을 통한 사랑의 해석

– 〈박쥐〉 감독 박찬욱

박찬욱, 브랜드가 된 이름

나는 영화마니아는 아니다. 그러나 박찬욱 감독은 좋아한다. 이유는 그가 필요할 때 사회적 발언을 하는 드문 예술인이고, 자신의 신념과 정체성을 분명하게 표현하기 때문이다. 솔직히 영화감독으로서의 호감이라기보다 사회인으로 그를 바라보고 좋아한다는 것이 정확하다. 그는 이미 〈공동경비구역 JSA〉라는 영화로 분단이라는 무거운 역사의 장벽을 단숨에 무너뜨리는 괴력을 발휘했다. 그 이후 〈친절한 금자씨〉같은 문제작으로 또 한 번 이름이 신문지상에 오르내렸다. 이 영화에서도 박찬욱은 독특한 화면으로 인간의 감추어진 잔혹성을 유감없이 드러냈다.

〈박쥐〉는 시사회부터 연일 신문에 박스 기사로 대서특필되었다. 송강호라는 명배우와 신하균, 새로 발굴한 신인 김옥빈 같은 배우에 대한 기사, 더불어 송강호의 노출장면이 단연 화제였다. 제작자의 홍보 전략인지 심하다 싶을 만치 연타로 기사를 때렸다. 도대체 무슨 영화기에 이리들 난리람. 작정하고 영화관으로 갔다.

영화만의 전매특허

영화는 영상매체다. 영화는 영상으로 승부를 건다. 박찬욱은 영화라는 매체의 특성을 극한대로 끌어올려 관객에게 화면을 마구 들이대었다. 화면 가득 피가 철철 넘쳤다. 선혈이 낭자한 장면은 양반이다. 의식이 없는 환자의 링거 줄을 통해 피를 빨아먹고, 키스를 하고난 입술에도 피가 묻어 있다. 끔찍하고 무서웠다. 몇 번이나 눈을 감았다. 박찬욱표 영화답다. 사이보그적인 잔혹성과 폭력성을 다양한 이미지와 영상을 통해 담아냈다. 오직 영화만이 할 수 있는 예술적 방식과 연출로 여타의 장르에게 약 올리는 것 같았다. 봐라, 영화는 이런 것도 할 수 있다고. 아무리 영화지만 어떻게 저렇게까지 할 수 있나, 욕지기가 올라왔다. 영화를 보고 나니 피비린내가 코끝에 머무는 듯했다. 속이 울렁거려 밥 먹기도 포기했다. 머릿속이 뒤엉켜 정리가 안 된다. 도대체 박찬욱은 이 영화를 통해 무얼 말하려 하는가. 세상이 악

머구리처럼 미쳐 돌아가니 같이 한번 미쳐보자는 말인가. 한참 동안 머리가 어지러웠다.

금기에 대한 욕망

예술은 모름지기 인간의 욕망을 담아내는 그릇이다. 이 영화는 단순하게 바라보면 너무나 흔한 불륜영화다. 장애가 있는 남편 강우(신하균), 가톨릭 신부 상현(송광호) 둘은 어릴 적 친구다. 신하균의 엄마인 라 여사(이해숙)은 자식을 위해 철저히 태주(김옥빈)을 가두고 희생시킨다. 태주는 욕망이 거세된 채 식물인간처럼 살아간다. 그러나 그녀는 살아있는 인간이다. 한밤중에 몽유병 환자처럼 맨발로 골목길을 질주하는 태주의 모습은 그녀 가슴 속에서 용광로처럼 끓는 욕망의 발현이다. 태주와 상현은 눈이 맞아 연애를 한다. 가톨릭 신부가 맨 정신으로 연애를 할 수는 없다. 뱀파이어가 된다. 설정이 재미있다. 상현이 불륜의 세계에 빠져드는 과정에 당위성을 부여해준 셈이다. 둘은 뜨겁게 껴안는다. 그동안 사제로서 욕망을 숨겨온 상현, 불구의 남편과 살면서 욕망 자체를 거세당한 태주는 불길 속으로 뛰어든다. 무릇 금지된 욕망 자체가 절절함을 더해준다. 불륜과 삼각관계는 기본 메뉴다. 싸구려 삼류 드라마 같은 이야기를 감독은 쿨하게 요리한다. 영화이기 때문에 가능한 작업이다. 결론은 파국이다. 금지된 욕망의 선을 넘은 두 남녀는 죽음으로 끝이 난다. 아담과 이브가 에덴동산에서 금지된 사과를 따 먹으며 신을 배신하던 순간부터 이미 예정된 결말이 아니던가. 그러나 인간은 끊임없이 금지된 욕망의 선을 넘으려 한다. 설사 그 끝이 파국이라 할지라도.

사랑은 결코 아름답지 않다

이 영화에 유난히 발이 자주 등장한다. 상현이 태주와 눈이 맞은 순간 그는 여자에게 자신의 신발을 신겨준다. 태주의 발을 소중히 쓰다듬으며 입을 맞춘다. 발은 우리 신체에서 가장 밑바닥에 위치한다. 직립보행의 토대가 되지만, 결코 그에 걸맞은 예우를 하지도 않는다. 세족식의 의미를 생각해보면, 사제다운 애정 표현으로 볼 수도 있겠다. 옥빈은 상현에 대한 집착으로 결국 강우를 죽인다. 그의 엄마인 라 여사는 충격으로 쓰러져 불구의 몸이 된다. 둘은 집을 모두 흰색으로 도색하고 마음 놓고 사랑한다. 그러나 라 여사는 이 두 사람이 자신의 아들을 죽였다는 것을 알고 있다. 그러나 어쩌랴. 그녀에게 살아있는 것은 죽은 아들에 대한 집착과 눈동자뿐인 것을. 영화에서 보여주는 사랑은 대체로 낭만적이다. 모든 인간의 진실이라 믿고 있는 사랑의 아름다움에 대하여 감독은 완전히 뒤집어 버린다. 해체이며 전복이다. 사랑은 결코 아름답지도 않으며 폭력과 살인도 가능하게 하는 집착이라고. 사랑이란 욕망의 다른 얼굴이다. 그 욕망이란 이기적이며, 자기중심적인 속성을 지닌다. 라 여사가 아들에 대하여 가지는 모성애도, 남녀 간의 사랑도 모두 이기적 유전자의 작동이라고 말한다. 제목 〈박쥐〉의 의미가 여기에 있다.

심안을 가져야 제대로 본다

– 〈눈먼 자들의 도시〉 감독 페르난도 메이렐레스

자본주의의 두 얼굴

영화는 시종일관 무겁고 진지했다. 눈먼 자들의 도시는 바로 자본주의의 모순이 극에 달한 현대사회를 상징적으로 보여주었다. 복잡한 도시의 차도 한가운데서 갑자기 눈이 멀어버린 한 남자로부터 비극은 시작된다. 아무런 이유나 원인도 없이 어느 날 눈이 멀어버린 사람들은 바로 늘 위험에 노출된 현대인의 상징이다. 갑자기 정전되어버린 도시를 한 번 상상해보라. 지하철과 엘리베이터가 서버리고, 마천루 같은 주상복합 아파트에 전기 공급이 안 된다면 어떻게 되겠는가? 거대한 군중이 밀집해 살아가는 도시는 한 가지만 정지되어도 지옥으로 추락하고 만다. 현대인, 특히 도시인들은 일상 속에서 감지하지 못하는 고위험 속에서 무신경하게 살아가고 있을 뿐이다.

윤리와 욕망 사이에서

이 영화의 핵심은 정신병원에 격리 수용된 후 보이는 눈먼 자들의 모습이다. 윤리니 도덕이니 하는 것이 극한의 상황에서 얼마나 무용한지, 인간의 숨겨진 욕망이 어떻게 드러나는지를 몇 개의 에피소드를 통해 보여준다. 눈먼 자들이 점점 증가하는데도 관료화되고 비대해진 정부는 총으로 하는 질서유지 혹은 격리 수용이라는 대책만 쏟아낸다. 비상사태 시 국가나 정부라는 권력집단이 쏟아내는 대책이 얼마나 무력한가. 조소에 가까운 작가의 시선을 느낄 수 있다. 또한, 비상사태라는 극단의 상황에서 오로지 총으로만 질서를 유지하려는 군사주의자의 행동을 통해 감독은 미국의 군사 패권주의를 비판하고 있다.

혼란 속에서 발휘되는 리더십

남편을 따라 정신병동으로 간 안과의사의 아내는 유일하게 눈이 멀지 않는다. 눈먼 자들의 모든 행동을 지켜보면서 그 여자는 아주 냉철하게 이성을 유지한다. 심지어 자신의 남편이 창녀와 관계를 맺는 것을 보고나서도 그녀는 침착하다. 자신이 이성을 잃었을 경우 그 수용소는 바로 지옥으로 변한다는 것을 잘 알고 있었기 때문이다. 그녀의 이러한 리더십이 수용소 안에서 나름대로 질서와 평화를 유지할 수 있는 중요한 끈이 된다. 그녀는 말한다. "완전히 인간답게 살 수 없다면, 적어도 완전히 동물처럼 살지는 않도록 우리가 할 수 있는 일을 다 합시다." 그녀의 이러한 리더십은 갈수록 빛을 발한다. 어떠한 경우에도 타자에 대한 배려와 인간에 대한 신뢰를 버리지 않았던 그녀는 눈먼 자들의 예수였다.

마음의 눈

우리의 눈은 진실을 보지 못한다. 물욕에 눈이 멀고, 욕망에 눈이 멀어 혼탁해 있으므로. 인간의 본질은 위기상황에서 적나라하게 드러난다. 인간의 오감 가운데 단지 눈이 하나 안 보일 뿐인데도 사람들은 절망에 빠진다. 시각이 마비되면 청각과 후각이 더 예민하게 작동하여 세상과 소통할 수 있다는 사실을 미처 깨닫지 못하기 때문이다. 눈이 먼 사람은 눈으로 보지 못하던 본질적인 면을 더 잘 감지할 수 있다. 안 보인다는 물리적 사실보다 사람들은 자신도 장님이 될 수 있다는 공포를 더 두려워한다. 도시인은 속도와 이미지에 파묻혀 대중사회 속에서 부품처럼 살아간다. 눈이 멀어진 다음에야 인간은 자신의 정체성을 확인하게 된다. 인간과 인간끼리 어떻게 관계해야 하는지 자각한다. 중요한 것은 바로 마음의 눈이다. "중요한 것은 마음의 눈으로 보아야 한다."던 어린왕자의 말이 떠올랐다.

아직도 남은 이야기

이 영화는 할 이야기가 많다. 수용소 안에서 총을 쥔 자가 식량을 담보로 장사를 하고, 끝내는 여자를 바치라고 강요한다. 여성을 철저히 상품화시키는 자본의 얼굴을 정면으로 만난다. 조직과 권력, 국가라는 이름으로 자행되는 수많은 폭력에 대한 비판 등. 생존에 절대적인 먹을 것과 조직의 문제, 인간으로서 자존감을 지키는 것, 서로의 이야기에 귀를 기울인다는 것을 통해 대안을 제시한다. 작가는 마지막까지 인간에 대한 희망을 놓지 않는다.

이성과 합리성을 넘어서

– 〈아바타〉 감독 제임스 카메론

프롤로그

난 지금까지 컴퓨터 게임이란 것을 해본 적이 없다. 흔한 고스톱도 못 치는 사람이 컴퓨터 게임은 더군다나 먼 나라 이야기다. 아이들이 게임 이야기를 하면 외국어를 듣는 것처럼 무슨 말인지 하나도 못 알아듣는다. '아바타'라는 말부터 낯설다. 사이버 공간이 이미 우리 삶 깊이 들어와 있건만, 아직 머리로는 개념이 잘 서지 않는다.

농경사회의 아날로그적인 코드를 뼛속 깊이 지닌 채 살아가는 것이 가끔 답답하기는 하다. 그렇다고 나를 디지털로 가조하고픈 생각도 없다. 그저 생긴 대로 사는 것이 나답게 사는 길이라 여긴다.

미국 해병대, 지구의 폭군

영화 속 주인공은 하반신이 마비된 퇴역 해병대 병사다. 하반신이 마비된 병사는 곧 불구가 된 미국을 상징한다. 전쟁으로 깊은 상처를 안고 살아가는 사람이 얼마나 많은가. 행성 판도라 정복을 진두지휘하는 사령관도 미국 해병대 장교다. 미국 해병대는 천하무적으로 세계 곳곳을 휘젓고 다니는 미국의 전위병이다. 마음만 먹으면 수단과 방법을 가리지 않고 쟁취한다. 인간이되 가슴이 없는 냉혈 인간이다. 타협이나 협상 따위도 안 한다. 오직 총과 탱크로 밀어붙인다. 강자의 힘이란 것이 어떤 것인지 적나라하게 보여준다. 최고의 과학기술이 생산한 최첨단 무기와 인간 용병으로 무장한 미국 해병대는 오늘도 지구 곳곳에서 전쟁 임무를 수행 중이다. 오로지 미국인의 안녕과 자원 탈취를 위해. 그들은 끝내 부족민들의 마지막 숭배 대상인 고목을 최신식 무기로 넘어뜨린다.

판타지의 공간, 판도라

지구는 에너지의 고갈로 더 이상 사람이 살기에 적합하지 않다. 행성 판도라는 아직 문명의 손길이 미치지 않은 원시의 공간이다. '판도라'라는 명칭은 원시적 공간에 인간이 침투하는 순간 그곳의 평화와 꿈이 파괴될 것이라는 전제가 깔려 있다. 인간은 끊임없이 판타지를 꿈꾼다. 그러나 판타지에 가닿는 순간 판도라의 상자처럼 꿈이 사라지고 만다는 역설이 내포되어 있다. 원주민은 고유한 삶의 방식과 신앙을 가지고 평화롭게 생활한다. 그들은 자연을 수탈의 대상으로 보지 않고 서로 교감할 수 있는 동등한 존재로 여긴다. 열대우림에는 갖가지 생명체가 존재한다. 동물과 나무, 물, 인간이 각자 자기 자리에서 평화롭게 공존한다. 원시의 에덴동산이 그러지 않았을까. 원시부족은 자연 속에서 공동체를 이루며 평화롭게 살아간다. 절대 자신의 욕심을 위해 상대를 해치지 않는다. 근대 서구문명을 지배한 도구적 이성에 대한 감독의 부정적 시선이 느껴진다. 철저한 반성의 시각이다. 인간의 오만과 이성과 과학에 대한 맹신을 회의하게 만든다.

아바타도 사랑을

아바타는 인간이 만든 용병이다. 사이버 공간에서 전투와 파괴 같은 임무를 대신 수행한다. 그들은 주인이 시키는 대로 회로가 지시하는 대로 싸울 뿐이다. 그런데 열대우림으로 들어간 아바타 제이크 설리가 그만 사랑에 빠진다. 여전사 네이티리를 만나 자연과 교감하는 법을 배우고, 익룡을 타는 전사로 훈련받으면서 둘은 사랑에 눈이 멀고 만다. 인간 세상의 규율을 어긴 것이다. 그러면서 원시부족의 삶과 가치에 동화되어 간다. 과학은 날로 진화한다. 이제 얼굴에 감정을 드러내고 말을 하는 로봇이 등장했다. 앞으로 로봇의 진화는 계속될 것이다. 인간의 감성적인 영역까지 로봇이 대신하는 시대가 올지도 모른다. 애인이 필요한 사람에게 애인 역할을 해주는 로봇, 슬픔에 빠진 사람에게 위로의 말과 애도의 감정을 표하는 로봇 등. 그러면서 인간은 점점 소외될 것이다. 꼬리가 길고 로봇처럼 생긴 판도라의 전사는 곧 미래 인간을 대신할 존재이다. 로봇보다 더 딱딱하게 심장이 굳어버린 인간을 향해 제이크는 말한다. 가슴을 회복하라고.

근대를 넘어 상상의 시간으로

판타지의 시대다. 각종 미디어가 생산해내는 드라마나 영화는 현대인의 삶과 생각을 지배한다. 사이버 공간의 카페나 블로그 등에 접속하며 그곳에서 지내는 시간이 점점 길어진다. 컴퓨터라는 기계를 통해 세상과 만나고 소통한다. 문제는 미디어가 인간의 사유체계까지 지배한다는 사실이다. 근대과학은 인간이 오랜 시간 축적해온 경험과 직관력을 깡그리 파괴해 버렸다. 인간역시 자연의 한 부분으로 살아오면서 태생적으로 영감을 가진 존재였다. 그러나 과학의 틀은 이러한 원시적 영감이나 신화적 상상력을 망가뜨려 놓았다. 유한한 삶을 살아가는 인간은 만물

의 영장이 아니다. 그저 먹이사슬의 상층에서 자연과 힘겨운 사
투를 벌이면서 살아가는 나약한 존재일 뿐이다. 그러기에 인간은
사회적 존재가 아니던가. 영원을 추구하는 인간의 상상력은 현실
적 삶의 고통과 힘겨움을 덜어주는 판타지의 공간으로 날아간다.
서구가 추구해온 근대의 한계 앞에서 감독은 다시 원시적 영감과
신화적 상상력의 회복을 제시한다. 최신식 무기로 끝까지 싸우던
사령관이 여전사 네이터리가 쏜 화살에 맞아 죽는 장면은 무얼
상징하는가.

에필로그

컴퓨터 그래픽으로 만든 화면은 화려했다. 성경의 창세기에 나
올법한 원시림을 멋지게 만들고, 익룡을 타고 나르는 전사, 디지
털 최신식 무기가 내뿜는 화염은 화면을 압도했다. 과연 감독의
상상력은 놀라웠다. 영화를 통해 전해오는 감독의 사회적 발언도
다양하고 분명하다. 오락적 도구로만 생각했던 영화가 인간의 가
치체계에까지 영향력을 확대하고 있다는 증거다. 과거 아메리카
호를 타고 미국으로 건너온 그들의 조상이 원주민들을 마구 학살
하고 땅을 빼앗았던 역사를 참회하고자 하는 걸까. 한바탕 게임
을 하고 나온 느낌이다. 그러나 영화가 주는 메시지는 결코 가볍
지 않다. 온 가족이 같이 보면 좋을 영화다.

영화가 꿈꾸는 신세계
– 〈이상한 나라의 엘리스〉 감독 클라이드 제로니미,
월프 레드 잭슨, 해밀턴 러스크

이상한 나라의 엘리스와 디즈니가 만나다

디즈니 만화는 미국을 상징하는 하나의 기호다. 전 세계의 아이들이 디즈니 만화 영화를 통해 미국을 접속하고 환상을 꿈꾼다. 미국의 힘이 좀 빠지기는 했지만, 아직도 미국은 제국으로 건재하다. 또 한 편의 디즈니 만화 영화가 나왔다. 루이스 캐럴의 판타지 동화를 원작으로 한 〈이상한 나라의 엘리스〉다. 신문에는 영화 이야기보다는 감독 팀 버튼에 대한 이야기가 더 많다. '가위손', '배트맨', '스위니 토드' 같은 영화를 연출한 그는 '버튼스럽다(Burtoneque)'라는 조어를 탄생시킨 사람이 아니던가. 아동문학사에서 최초의 판타지 동화로 등재된 루이스 캐럴의 원작에 대한 신뢰감까지 보태어 극장 안으로 들어갔다. 극장

안 관객은 대부분 10대와 2C대다. 원작을 어떤 방식으로 영화화했을까, 강의 시간에 학생들과 소통하려면 이런 영화는 봐야 한다는 의무감이 작동했다.

원작과는 매우 다른 언더랜드

버튼은 영화의 스토리를 완전히 자기 방식대로 개조시켰다. 무대는 빅토리아 시대. 19살 소녀 엘리스는 귀족 자제로부터 청혼을 받는다. 대답을 해야 할 순간, 회중시계를 찬 흰 토끼가 나타나고, 고목 아래 구멍으로 추락하면서 이상한 나라로의 여행이 시작된다. 현실에서 판타지의 세계로 진입한 것이다. 언더랜드는 "목을 쳐라!"고 외치는 공포정치의 화신 붉은 여왕과 눈부시지만 속내를 알 수 없는 미소의 하얀 여왕이 대립한다. 선과 악의 전형적인 디즈니 구도다. 여기서도 흰색은 선의 상징이다. 앨리스는 붉은 여왕의 괴물 재버워키를 물리치고 언더랜드의 평화를 이루어야 한다는 사명을 부여받는다. 이 과정에서 모자장수와 많은 동물이 앨리스를 돕는다. 앨리스는 이상한 동물이나 괴물 앞에서도 겁먹지 않고 당당하다.

앨리스는 과거 디즈니의 여성과는 확실히 다르다. 예전의 여성이 순종적이고 수동적인 여성이었다면, 앨리스는 귀족 자제와의 결혼을 단호하게 거부하는 주체적인 여성으로 거듭난다. "용기있는 자만이 세상을 구원한다." 혹은 "선이 악을 물리친다."는 전형적인 헐리우드식 가족 영화의 틀을 디즈니에 옮겨놓은 듯하다. 과거 팀 버튼의 버전은 모나고 그로테스크한 존재들이 정상적이고 아름다운 것을 덮치고 뭉개는 난장이었다. 선과 악의 대립이 아니라 정상과 비정상의 조우 속에서 그 사이에서 유발되는 충돌의 아이러니와 쾌감을 관객에게 선사하지 않았던가. 그런데 이런 예상을 완전히 깨버렸다. 그래서 낯설고 난해하고 심심하다. 결말이 뻔히 다 보였다. 판타지의 세계 역시 현실의 질서를 그대로 실현하는 공간으로 설정되었을 뿐, 현실의 부조리와 모순을 뛰어넘는 새로운 질서를 이번에는 보여주지 못했다. 다만, 앨리스라는 주인공을 중심으로 전개되지 않고, 모자장수와 고양이, 토끼 같은 수많은 조연이 자신만의 캐릭터로 비슷한 질량의 존재감을 드러냈다.

너는 누구냐, 나는 누구냐 - 정체성(Identity)

앨리스는 언더랜드에서 몸의 치수가 수시로 변한다. 주어진 난관에서 빠져나가기 위한 첫 번째 과제가 몸의 치수였다. 그래서 약물과 케이크를 먹으면서 '작아졌다 커졌다.'를 반복한다. 원작에서는 이 부분이 아주 중요하다. 이성중심주의와 관념주의, 과학의 합리주의가 지배하던 19세기 중반, 루이스 캐럴은 이

분법적 사유체계에 회의를 품는다. 즉, 인간의 정체성은 이성과 육체가 유기적으로 작용함을 주장한다. 몸이 커지고 작아질 때마다 앨리스는 "너는 누구냐?"라는 질문에 맞닥뜨린다. 그때마다 앨리스는 곤혹스러운 얼굴로 "나도 내가 누군지 모르겠다."고 대답한다. 루이스 캐럴은 옥스퍼드 대학의 수학부 교수로서 논리학과 그림, 사진에도 재능을 지닌 학자였다. 평생 독신으로 살았던 그는 대학 학장의 딸들과 자주 만나 사진도 찍어주고 이야기를 들려준다. 그러는 과정에서 최초의 판타지 동화인 〈이상한 나라의 앨리스〉가 탄생한다. 근대의 가치가 절대적 중심에 있던 시대에 루이스 캐럴은 탈근대의 시대로 건너가고 있었던 것이다.

원작에서 작가는 한 존재의 정체성은 고정된 것이 아니라는 것을 주장한다. 앨리스가 자신이 처한 상황에 따라 변신하듯이, 존재란 주변의 상황이나 환경에 따라 끊임없이 변신한다는 것을 말한다. 존재의 정체성은 자신이 속한 관계망의 배치 구도 속에서 결정된다는 현대철학의 명제를 역설한다. 이는 곧 어떤 구성체나 사회의 본질을 파악하려면 힘의 배치 구도를 파악하는 것과 같은 맥락이다. 그런데 아쉽게도 영화에서는 이런 원작의 철학적 명제를 살리지 못하고, 단선적인 구도로 이야기를 전개하고 말았다.

시니피앙과 시니피에의 미끄러짐

언어는 문학이나 영화에서 가장 중심에 선다. 특히, 원작에서 이 '언어'의 문제는 중심에 서 있다. 앨리스가 쥐와 대화를 나누는 장면이다. "정말 꼬리가 길구나. 그런데 꼬리가 왜 슬프다고 하니?"('이야기(tale)'와 '꼬리(tail)'는 영어로는 발음이 비슷하다. 그래서 앨리스는 쥐의 말을 잘못 알아듣고 있다: 옮긴이) 이처럼 '생각'과 '말'이 일치하지 않는다는 사실, 기표와 기의의 미끄러짐을 작품에서 자주 드러낸다. 화자와 청자 사이의 메울 수 없는 간극, 언어의 불확실성, 애매성 등을 앨리스와 동물들과의 대화에서 수시로 드러낸다.

그런데 영화에서는 이 부분을 살짝 건드렸다. 그것도 영어를 번역한 한글 자막으로 스토리를 읽어야 하는 한국의 관객은 당혹스럽다 못해 이상한 번역이라 여겼을 터, 맞춤법이 잘못 표기된 것쯤으로 오해하기 십상이었다. 이 난감함을 어찌한단 말인가?

언어란 이런 것이다. 완벽한 언어란 원래 없다. 세상일이 전부 말로써 시작되어 말로써 끝이 난다. 오해나 다툼, 논쟁 따위가 모조리 말이 부리는 수작이며 마술이 아니던가. 모든 가치와 삶의 방식이 미국 지향적인 대한민국이지만, 말이 지니는 '차이의 간극'은 태평양 바다처럼 넓고도 깊다. 영어와 한글은 애초 태생부터 다르다. 주어와 서술어의 배치 구도는 물론 뿌리가 지구 저편 극점인데, 어찌 쉽게 다가설 수 있으랴. 오늘도 영어라는 괴물을 붙잡고 씨름하는 한국인이 겪는 고통의 늪이 이 영화에 고스란히 드러난다.

우리가 꿈꾸는 판타지

"어떤 영화도 소설(원작)이 지닌 재미를 따라잡지 못 한다."가 나의 신념이었다. 이 편향된 믿음은 매체가 지닌 특성을 이해함으로써 막을 내렸다. 애시 당초 활자매체와 영상매체는 태생부터 자리가 다르다. (영어나 한국어처럼) 그렇다면 루이스 캐럴의 원작과 버튼의 영화를 비교하겠다는 나의 욕망 자체에 문제가 있었다는 결론에 다다랐다.

과학기술이 가져다주는 놀라운 표현력은 영화만의 매력이다. 특히 CG 기술과의 결합으로 영화는 계속 진화하고 있다. 이 영화도 '아바타'에서 보여준 판타스틱한 화면이 관객의 시선을 압도한다. 화려하고 스펙트컬한 화면 안에서 앨리스는 또 다른 캐릭터로 탄생한다. 귀족 자제의 어깨에 앉은 푸른 애벌레를 거침없이 손으로 잡고, 악의 일당과 용감하게 맞서 싸우는 새로운 앨리스를 만날 수 있다. 그러나 여전히 백인에 대한 우월주의는 떨쳐버리지 못했다.

여성용 화장품 광고에 '미백'이란 단어가 빠짐없이 들어가고, '하얀 얼굴'에 대한 환상을 우리 스스로 깨뜨리지 않는 한 디즈니는 완고한 성으로 남아있게 될 것이다.